卒寿の埋火

杉田 多津子

スイス　レマン湖畔

三省堂書店／創英社

その日その日を愛すること、
こんな曇りの日でも……
――ロマン・ロラン『ジャン・クリストフ』より――

卒寿の埋火

目次

一　お花と山旅

二　卒寿の埋火

三　ロラン折々の風景

――カバー絵・太田幸子――

一　お花と山旅

いまここ

床の間での一服

元日の朝、障子越しに初春のやわらかな日差しを感じる。床の間の部屋で、ひとりお茶を点《た》てて一服頂くのは、新年の贅沢な愉しみであった。ささやかな盆略点前である。

慌ただしい暮れの大掃除のあと、床の間には俳人で英語の恩師から頂いた、墨跡鮮やかな色紙を掛けている。

落葉松《からまつ》を綴るは冷たき木曽の星々《ほしぼし》　榧夫

そこにお花の家元から頂いた、茄子紺とグレーの下地に同色の花が彫られた壺に、好きな山旅を思い、若松の新芽と甘い香りの白水仙、その根締めに庭の千両の赤い実を活けることが多い。

静かな時の流れに、お抹茶の香りが新春の喜びを誘う。フランス語を教えた人のお父様が、河村蜻山遺窯・鎌倉明月窯の陶芸家で、お礼に頂戴した思い出の三島手の茶碗。素人のお盆点てにはもったいないのだが、来客の時以外、年に一度、桐箱から薄茶の布に包まれたこの茶碗をそっと取り出す。お盆は、友人の思い出の沖縄の黒漆盆。朱に金色の花模様が入ったお抹茶を入れた棗《なつめ》は、京都の旅で買い求めたもの。菓子皿は留学生のHさんが芸大の陶芸クラブで作った、茶色の土と黒の釉薬がかかった菱方皿。そこに花びら餅をのせる。

三島手の茶碗を手に包み込む。お抹茶の薄緑の小さな泡はうっすら山を描き、匂い立つ香り。仕事と家事に追われる日々、過ぎ去った年をいとおしみ、新しい年の無事を願い、ゆっくり味わいながらお抹茶を頂くのは、元日の嬉しいひとときだった。それは五十歳の頃から四半世紀続いた。

ただ還暦の元日の一服は、特別な感慨をもって点てた。仕事の合間の早朝、太平洋戦争中から戦後、苦難のまま他界した父母へのレクイエムのエッセイ集、『夾竹桃』を雨だれのように執筆し、上梓した年のこと。戦時中、女学校受験前、茶簞笥の奥にしまっておいた配給の少ない貴重な砂糖を一匙すくい、熱いお湯に入れ「これ飲んで……」と、灯火管制下で暗い座卓に置いてくれた母。戦争がなく、母が健在なら八十代半ばである。元日など煎茶を飲みながら、「還暦になると体が不調になるから気をつけて」と、娘の私に母は気を遣って言ってくれたであろう。お抹茶を頂きながら母を想い涙した。

古希を過ぎた元日も、記憶の中に静かにふりつもる。ささやかなライフワークだった拙著『ロマン・ロランの風景』が上梓できた翌年である。フランスの作家ロマン・ロランの著作と出会ったのは、戦時中疎開先の女学校休学を余儀なくされ、敗戦後にK会社で働きながら定時制高校へ通っていたときのこと。後に、牧師になられた英語の恩師K先生がお貸し下さった、ロランの小説『ジャン・クリストフ』に感銘した。小説の中で、行商人ゴットフリート伯父さんが、人生と向き合い人生に悩む主人公クリストフに諭した言葉、

「今日を生きるのだよ。……今日みたいに、灰色で寂しくても、愛するのだ」

友人たちは女学校を卒業したのに、私は働きながら夜学で苦しんでいる。なぜ、「この灰色の日を愛さなければならないのか」。自問自答し、そして生きる意味を示唆され、終生の書になった。還暦過ぎて作家ゆかりの地を訪ね、K先生に拙著上梓のご報告ができた。夜学の友Mさんは、出版祝に自筆の漢詩の書を贈って下さった。その掛け軸を床の間に掛け、ほっとしてお抹茶を頂いた時、「戦争や病弱な母の早い他界で、長女のお前に弟妹の面倒を見させ苦労させてしまったけれど、親切な諸先生方や友人に巡り逢え、好きな学問の道に進め、本も纏《まと》められて良かったなぁ。出版祝に《書》も貰えて」と、どこからか亡き父の喜ぶ声が聞こえた。書を好みお酒が好きだった父にも、上梓祝にお茶を一服点てて、ありし日の父を想いながら頂いた。

アオキ

元日の一服は、出会えた人々や亡き人のことなど、人生の悲喜こもごも胸に納めながらも、ひとりの贅沢な茶会でもあった。しかしそれは七十代半ばのとき、手の指がリウマチになり、またその後も思いもよらない病にかかり、続けられなくなった。原稿用紙に向かっていたとき親指が痛く、冷やしながら書いていたこともあった。近くの病院で診察を受けると、老人性神経痛という。だが半年経っても痛みが治まらない。セカンドオピニオンでT女子医大病院でみてもらったら、精密検査の結果、関節リウマチと判明した。指は腫れて激痛が走り、家事や身の回りのことも不自由になり、通院とリハビリ、湯治に専念した。敗戦後のあまりにも厳しい人生を過ごしてきたので、もう残りの人生ゆっくりと過ごそうと、湯治の折々考えた。

二年ほどで激痛は治まったが、多少の痛みでペンが持てない。そこで一念発起して喜寿でパソコンを習い、薬指一本でパソコンに打ち込むことができるようになった。時間はかかるが、少しずつ拙著の読者の方からのお便りに礼状を書き、雑文を書くこともできるようになり、精神的にほっとした。が、しばらくして日常少し手が震えるようになってきた。かかりつけ医の先生は、「老人は少なからず手が震えるものです。少し様子を見ましょう」と言われた。一年過ぎても同じ状態が続き、傘寿の声を聞いて、K病院に検査入院をしたところ、難病のパーキンソン病と分かった。

二つの難病を友とする生活になってしまった。薬を数種類飲み、あまり長くはパソコンに向かえないが、それでも原稿に向かう。そして七年かかったがパソコンのお陰で、八十三歳のとき拙著『みずひきの咲く庭』を上梓できた。ささやかな上梓祝に、昔は、四国の剣山、石鎚山に登ったこともあったが、このときは八十回も登った高尾山へケーブルで登頂。林を抜ける涼しい風に深く息をする。遠く富士山やその前衛の山々を眺めながら、病と向き合い本をまとめた我が身を労い、コーヒーを手に上梓を祝った。その後、リウマチは痛みも治まり寛解状態となるが、パーキンソン病は少しずつ病状が進んだ。身体が不自由になり動作が遅くなった。それでも散歩や庭の水撒きは続け、たまにはコンサートにも行き、音楽に深い慰めを与えられていた。

ところが病はいくつになっても発症するものかと思う。八十七歳になって、転ばないのに歩くとき足の痛みを感じ、整形外科を受診したところ、加齢による変形性股関節症で手術以外治らないと言われた。翌年になると朝の散歩どころではなく、家の中で杖を頼りに歩くようになってしまった。パーキンソン病も時折、薬の副作用でめまいと吐き気に悩まされ、その上味覚低下で、あれ程好きだったコーヒーも嫌いになってしまった。のしかかる難病に、歩行も不自由になるとは気持ちも打ちのめされる。

そんなある朝。リビングの窓から、植木鉢の中でただ風に揺れている青々としたアオキに目をやった。昔、道元の『正法眼蔵』に心惹かれ、福井の永平寺で参禅し、奈良の興聖寺や道元が修行した比叡山横川、般若谷の千光房跡を訪ねたことがあった。そのとき般若谷で切り落とされていたアオキの小枝を拾ってきたもの。鉢に挿して三十年近くなる。それをじっと見つめていた時、道元の言葉、現在のこの一瞬「いまここ」が、脳裏に浮かんだ。窓際には、淡い紅色の秋海棠《しゅうかいどう》や薄紫の野菊も咲いている。

散歩もできず食欲も無いが、薬を飲まなければならない。お抹茶にはビタミンCがある。和菓子は病気のため舌が劣っても、季節を感じさせてくれる。それで朝食は、パンの代わりにカステラや和菓子とお抹茶にしようと思った。手が不自由で、お茶を点てるのに粗相してはいけない。お茶碗は妹と行った京都の嵯峨野で求めた普段使いのものや、イタリアのアッシジの土産物で、外側が紫色で内側に黄色いヒマワリの絵のあるお菓子入れを用いた。お盆とお皿も尾瀬の木彫りの普段使いのもの。お抹茶と茶筅《ちゃせん》は娘の奈良のお土産である。

私は真新しい茶筅を手に取り、お茶を点てた。二階の床の間で、元旦の朝自分のために一服点てたり、元気で働いていた多忙な日々が、一瞬思い起こされる。急に病身の我が身が耐え難くなった。が、大服に点てたお茶を頂きながら、宇治のお抹茶の優しい香りの中に、娘の母への心遣いが伝わり、心が和んだ。そして、目の前のアオキが、「いまここ」と励ましの言葉をかけてくれている気がする。私は、病身でもできることをして、〈今日〉を大切に生きなければ、と思いをいたす。無言で、鉢の中で懸命に生きている草花に、杖を頼りに水を撒こう。また、心の埋火《うもれび》のいくつかを病身に訊ねながら記そうと、その場から立ち上がった。

ミモザの香りに包まれて

穏やかな春の日、数年ぶりに弟妹が我が家に集まり、私のささやかな米寿の祝をしてくれた。すぐ下の妹は、満開の黄色いミモザの枝を、自宅の庭から切って持参してくれた。私は嬉しくて、早速それを頂いた渋草焼きの花瓶に活けると、甘い香りが漂いリビングが明るく華やいだ。テーブルにはお赤飯を詰めた漆の重箱を囲み、娘が用意した京都のお総菜、鯛のお刺身、末の妹が持参してくれた天ぷらが彩りを添えている。

ほどなくミモザの香りに包まれながら、和やかな会食が始まった。箸を進めながらすぐ下の妹は、昔、私と京都で葵祭を観たことを、末の妹も、年末、私とサントリーホールで、ベートーヴェンの「第九」を聴いたことなど楽しそうに話していた。そんな話を聞きながら、海老の揚げ物を食べていた大病後の弟は、「これ、美味い。朝早くご苦労さん」と、妹を労った。「お吸い物が冷めないうちに」と、私は弟妹たちに貝柱のお汁椀を手渡しながら、「このお総菜の重ね陶器鉢を見ると、大工の棟梁だった優しい祖父の三十三回忌のことを、あのお赤飯の漆の重箱は、建設会社社長だった叔父の傘寿祝を思い出すのよ。若い頃銀座にあった叔父の会社の本社に勤め、そのビルで働く女性に頼まれ、夜、生け花を教えたのも遠い日の思い出だわ」と私。昔話に花が咲いた。

しばらくして、弟が祝に持参してくれた「あざみの歌」のCDを、ボーズのCDプレーヤーにセットした。私の好きな抒情歌。B歌手の澄んだ声が流れ、その声に重ねるように病後でも美しい声の弟と、コーラスで歌っている妹たちの《山には山の　愁《うれ》いあり　……》と、心に染みる声の響き。音痴の私も弟妹に添って歌った。兄弟で歌うのは初めてで熱いものが込み上げてきた。歌い終えて弟は、なぜこの歌が好きなのかと訊いた。

そう言えば私は、日頃はクラシックの曲を聴き、傘寿に難病のパーキンソン病を患って以後は娘や妹に付き添ってもらい、コンサートに足を運んでいる。病気のリハビリの一環でコーラスS会にも入会、K会長さんほか皆様に親切にして頂き五年経つ。そこでY先生が奏でるピアノ伴奏の美しい音色に合わせ、M先生の指揮で「落葉松」ほかの課題曲の譜面を追う。その時間は病を忘れ、心が癒される愉しいひとときである。そして会員の希望曲を皆で合唱する。昭和二十四年発表の「あざみの歌」は、その中の一曲。当時の私はラジオを聴く暇もなく、昼働き夜定時制高校に通学し、半世紀以上経って知った歌である。「昔を思い《さだめの径ははてなくも　かおれよせめて　わが胸に》のフレーズは、胸に響く」と言った。

現役引退後に短編小説を執筆し、昨年傘寿を迎えた弟は、この時大昔の写真を二枚持参してきた。セピア色に色褪せた戦前の家族写真。当時は家にお手伝いのお姉さんがいて、母は新宿三越が好きだった。そこで母が揃えてくれたセーラー服姿の私が写る。入学前の妹は衿のフリルが可愛い洋服姿。丸まる太った一歳の弟が上品な一つ身の着物を着せてもらい、半襟に刺繍のある着物姿の母に抱かれて写っていた。八〇年前に中野の写真館で撮ったものである。

もう一枚は、昭和二十一年、疎開先の群馬の山深い寒村の、分校での小学校入学式記念写真だった。新入生の服装からも物資不足の敗戦当時の様子が窺える。女子は戦時中のモンペに肩上げした着物姿。着古したセーラー服。男子も着物姿や古びた学生服が数人、中にはボタンが無く、服の上から麻紐で結んでいる子、素足で草鞋《わらじ》履きの子もいる。そこに痩せた弟が、南京袋地の学生服で写っていた。

その写真を見て、敗戦の年が脳裏に甦った。日本各地でアメリカ軍B29の空襲で、女性や子どもたちも大勢犠牲になった。三月の東京大空襲では、一夜で約十万人が焼死し、六月には十数万人の住民が犠牲になった壮絶な沖縄戦。八月は広島・長崎に原爆投下、二十数万人が凄惨な被爆死。当時女学生の私も前年、軍需工場地帯の川崎で爆弾、焼夷弾投下の空襲に遭い、疎開途中の上野駅近くで再び米軍機からの機銃掃射を受け、防空頭巾の上を数センチそれ、命が助かり恐怖で震えながら逃げた。

戦時中、母と小学生以下の弟妹たちは、一人が行李《こうり》一つで強制疎開となった。それで川崎から群馬の父の郷里へ。田舎でもお金では食料が買えず、母は空腹の子どもたちのため、外出用の晴れ着を農家で食料と交換した。そして、弱い身体で不馴れな農作業を手伝い、食料をもらってきていた。母の留守中、小学生だったすぐ下の妹は、学校から帰ると母の代わりに、春は夕食のおかずに山菜採りに、農繁期には農家に子守に行き、冬は小雪の舞う日も囲炉裏《いろり》に焚く薪拾いに山に入った。

敗戦後、外地から引き揚げてきた父は、衰弱して床に臥していた。その頃、麻で粗く織った南京袋が一枚、配給になった。弟の入学を控えて服を心配していた母は、南京袋を見て咄嗟《とっさ》にそれを入学服にと考えた。早速、黒い染め粉を入れたバケツを囲炉裏に掛けて、そこに南京袋を入れ何回か掻き交ぜ黒く染め上げた。それをつるべ井戸から汲み出した水で何度も濯《すす》ぎ乾かし、薄明かりのランプの下で、炭火を入れた火アイロンで皺を伸ばしたという。そして、それを私が入学式の服に仕立てることになった。

その頃長女の私は、十三歳で女学校の休学を余儀なくされ、K工場で働き、寮生活を始めていた。お父様が戦死し、卒業間近の学校を中退して、先年入社した寮の室長のAさんは、親切で洋裁もできた。部屋には小学校卒、引き揚げ者、疎開者の女子がいた。Aさんは私の女学校休学に同情して、夜、学生服の型紙を作り、私に服の縫い方を教えてくれた。私は慣れない仕事で疲れた体で、夜手縫いし、仕上げに一か月以上かかった。彼女は「ボタンの穴かがりはあなたに無理だから、私がしてあげる」と、丁寧に縫ってくれた。最後に街から買って来た金ボタンを付け、昼休みに服を郵便局から家に送った。この話に驚いた弟は、改めて写真をじっと見つめた。

当時小包を開き、服を見て安心した母は、その後持病が悪化して上京し、七年後にT大学病院で弟妹のことを心配しながら、四十六歳で他界。それで私は、家事や弟妹の世話のため、止むを得ず大学を中退した。

兄の服の話を聞いた、日本舞踊をしている末の妹は、この日、私の本棚の整理をしてくれながら、「お母さんが亡くなり悲しかったけれど、お姉さんが小学校の入学式に一緒に付き添ってくれ、お正月にお姉さんが縫ってくれたお振り袖の着物を初めて着たとき嬉しかったこと、忘れられない」と、私が仕立てた着物の話をした。そしてお礼にと、私の喜寿祝にボーズのCDプレーヤーを贈ってくれた。「そういえば私も、高校入学のとき、お姉さんに夜学の合間、紺サージのセーラー服をミシンで縫ってもらったわね」と、元洋裁教師のすぐ下の妹も当時を振り返る。彼女は私の大学院合格祝に、仏語会話のリンガフォンをプレゼントしてくれたのだった。

この日、私にガウンの裾上げを頼まれながら彼女は、「戦争のため、長女のお姉さんは私たちより大変だったけれど、還暦過ぎて好きな作家縁のヨーロッパ五か国を訪ね、『ロマン・ロランの風景』を上梓できたからよかったよね」。「そうね。女学校を休学。敗戦後に定時制高校で、音楽や平和を愛したロランの著作に出会えた後、両親の他界。弟や妹の世話の傍ら、お花を習い銀座で教えたり、といろいろあったけど、恩師の励ましで、古希後に作家について一冊の本にまとめられた僥倖を思うの。米寿の今は、病を癒してくれる草木へ、杖を頼りに水やりの日々よ」と私。頷いていた弟は庭へ出た。

小さな我が家の庭は、鉢植えのものが多い。白樺や山茶花《さざんか》の傍の鉢には、比叡山のアオキが濃い緑の葉を伸ばし、続く鉢には樹齢百年を超えた梅の古木も生きている。隣の深鉢には武蔵野の合歓《ねむ》の木。母の墓地にあった実生のお茶の木も伸びて新芽を覗かせている。相向かいでは、夾竹桃が青空に伸び、近くには郷里の草木瓜《くさぼけ》の朱色の花とミズヒキ、芒《すすき》。昔娘の採ってきた蛇苺《へびいちご》、黄色いタンポポ。後ろでは、恩師の形見のギリシャのアカンサス、ローレルなど、弟はそれらにたっぷり水を撒いてくれた。

山が好きな私は、これまで折々の祝には登山をしてきた。傘寿はひとり静かに高尾山で風の音を聞いてきた。この度は、パーキンソン病と股関節の痛みで歩けず、弟妹が我が家に集まり、皆がそれぞれ心遣いをしてくれて、嬉しい祝の一日になった。

しかし、あの弟の写真に甦る南京袋の服――。戦時中の母の思いはいかばかりであったであろうか。遠い記憶の底に沈殿していた、過ぎ去りし悲喜こもごもの思い出話もした。そして現在の平和な時代を見ずに、戦中戦後に苦難の生活を強いられたまま逝った父母を、兄弟で偲ぶ日にもなった。これも、あの非情な戦争の時代に生を受けた者の性《さが》であろうか。

ミモザの花の香りを残して弟妹たちが帰った夜更けひとり、残り僅かな人生の冬を、空襲で九死に一生を得た命、辛い難病に耐え大切に時を刻んでいこうと考えた。

（二〇二〇）

靖国神社の献花

　靖国神社の境内で、戦死した英霊に捧げるため、生け花の各流派の先生や生徒さんたちが、週替わりに花を活け献花をしている。それらは、日本全国から訪れる人が参拝の折観覧してくださる。私は一九六四年、東京オリンピック開催の際、華道協賛会の一人として、ボランティアで選手村にお花を活けたことがあったが、その四年前、数人の生徒さんと一緒に、靖国神社で献花をした。桜の蕾もふくらみかけた頃だった。太平洋戦争を指導し東京裁判で責任を問われたA級戦犯が合祀《ごうし》される以前のことである。

　あの日、献花は初めての高校生Iさん。籠に、主材の雪柳、添えに赤のチューリップ、黄色いフリージアを活けた。「白い雪柳が、赤いチューリップを包むように伸びやかに活けて」と私は彼女にアドバイスした。父親が戦死してここに祀《まつ》られているTさんは、花材の躑躅《つつじ》に父親が好きだった百合を添えにした。お稽古場では明るい彼女が、しんみりと「もう十数年経ったけれど……。戦争がなければ女子師範に行きたかったのに父が戦死。代わりに働き学校に行かれなかった」と、心の内を吐露しながら活け始めた。「百合を引き立たせるために少し高めに」

と私は声をかけた。彼女は心なしか花器を少し本殿の方に向けた。社長秘書Cさんの器には、ハランと黄色い薔薇。「薔薇とハランのバランスを考えて」と、私はハランに少しハサミを入れた。

伯父さんが戦死したKさんは、伯母さんに頼まれボケの枝を入れたいという。取り合わせは、紫のアイリス、白いマーガレット。彼女は伯父さんを想いながら黙黙と花に向き合う。作品は周囲の明るい花材の間で鎮まっていた。芸大の留学生Hさんの花材は、木イチゴと君子蘭。彼女は君子蘭の花の高さに悩み、私に「ティチャー《先生》、コレクライ《これくらいの高さで》、グッド《良いですか》」と訊いてきた。他の三人も各自好みの花材で、花を愛おしみ、鎮魂の想いを込めながら活けていた。新米教師の私は、生徒へのアドバイスで自分の花を活ける時間が無くなり、慌てて席に戻った。

私の花材は、麦の穂、カラーの花三本、パンジーの花束二つ、花器は乳白色のコンポート。青々とした数本の麦は、少し高低を付け、まとめて一株のように剣山の後ろに挿した。純白のカラーは、花器の中間に少し広がりを感じさせるため、花の向きに苦心しながら活けた。麦とカラーが淡い色なので作品全体を締めるため、根元に濃紺のパンジーを、器の縁に乗せるように急いで仕上げた。

私は、献花に麦の穂はどうかと思ったが、戦死した父の従兄弟の息子Mさんへの、鎮魂を込めた想いが叶ってホッとした。活け込み終了後、他の先生方と一緒に本殿に上がり、神主さんからお祓いを受け、英霊に榊を捧げ拝礼をした。そして、素焼きの杯に御神酒が注がれ献杯をした。その杯はMさんの両親にあげたいと思い、頂いて持ち帰った。

Mさんは、二十歳を超えたばかりの若さで戦死した。かつて父は私に「両親の悲しみの深さは如何ばかりかと、心痛で従兄弟に慰めの言葉もなかった」と話していた。群馬・奥多野郡旧中里村にある父方の本家は、蔵に鎧や古文書がある旧家で、畑のほか山林もある養蚕農家であった。山深い地で、自家用の味噌、お茶、障子紙なども作っていた。おばあさんは、着物布の機織りまでしていた。平地がなく、農作物は山の斜面を耕した段々畑で麦や蕎麦、豆類、こんにゃくなどを栽培。山の畑に肥料を背負い上げ、収穫物を背負い下る農作業は重労働である。

親譲りの体格の良いMさんが、その仕事の大部分を担っていた。霜柱の立つ冬から早春にかけては、麦が芽を出し始める。麦の根張りを良くするために、麦踏みの作業がある。父親は、家の近くの麦畑で麦踏みをした。山の急斜面の麦畑では親孝行の彼が、ひとりで黙黙と日の出から夕方まで、寒風が吹き荒ぶ中、朝、昼二食の弁当持参で麦踏みをして、殊のほか両親に頼りにされ大事にされていた。

そんなMさんのところに太平洋戦争末期、赤紙（召集令状）が来て入隊。その後、南方に送られる輸送船が米軍機の攻撃で撃沈されたのか、激戦中に砲弾に当たり即死したのか不明だが戦死の報が届いた。それを父から知らされていた私は、たまたま靖国神社の献花で、花材が話題になったとき、麦の穂を献花したいと、密かに心に思った。敗戦後に外地から引き揚げて来た父。それに引き替え、人生これからという時に戦場で短い生涯を終えたMさんの心情を思う。

当時病床に臥していた父は、病が回復し田舎に帰郷した時、この靖国神社の献杯を話題に、息子の戦死を悲しむ従兄弟と、自らの苦渋の引き揚げ体験を語り合いたかったことであろう。けれど、回復することなく前年に他界した。それで父の墓参りの折に、私が本家に靖国神社の杯を持参したのだった。

本家のおばあさんに、戦死したMさんのため、靖国神社へ献花をしたことを報告した。すると、少し腰が曲った七十歳近いおばあさんは、「わし《わたし》も、ぜひ一度靖国神社へお参りに行くべ《いきたい》と、願っているのだがむし《ね》」と姉さん被りの手拭を、皺だらけの手で外して、涙を拭うのだった。そして、私が花材を麦に拘《こだわ》ったのも、「おばあさんが何度も言っていたMさんの麦踏みの姿を想い……」と言い終わると、また涙。そこで持参した素焼きの杯に、村で買い求めた清酒

の一升瓶を添えて渡した。おばあさんは涙を拭いながら、

「そうかい、それは、それは。この前お父っあん《とうさん》が、家に来てくれたとき、娘がお花の師匠になったと喜んでいたがむし《ね》。今度はお弟子さんたちと一緒に靖国神社へ献花をしてもろう《もらっ》て、こうた《このような》献杯の杯まで、よくむし《ね》。倅《せがれ》もさぞ喜んだことだろうむし《ね》。ありがとがん《ございま》した」

と言いながら頭を深く下げた。

　そして、初めて見る靖国神社の素焼きの杯をしみじみと見詰め、頬に涙がつたうのを拭いもせずに、掌に載せて立ち尽くした。そばで黙って頷きながら私の話を聞いていた、背の高い骨太のおじいさんの目にも、ちらりと光るものが見え、

「ありがとがん《ございま》した」

と低い声で言った。

「父が生きていれば、この杯で一緒に献杯したいと言っていたのですが……」

と私はおじいさんに伝えた。

　今年は敗戦後七十六年。息子が祀られている靖国神社での私の献花を喜んでくれた、おじいさん、おばあさんも既に他界した。東京で二回目のオリンピックが開催され、コロナ禍であるが、世界中の若者たちが一生懸命競技に集中している姿がテレビから流れてくる。

それを見た私は、戦時中には赤紙一枚で、同年代のMさんら若者たちが青春を謳歌することなく、英霊となった無念さを思い心が痛む。靖国神社に献花をしたことへの思い……。そしていま平和な時代、半世紀以上前にオリンピック選手村に花を活け、選手たちに喜ばれたことも思い出され、戦争のない花の命を愛おしめる平和の尊さを思う。

（二〇一一）

留学生Hさんの手紙

初秋のある日、茶碗の内側に手作りの跡が残る黒いお茶碗で、お抹茶を頂いた。そのときふと、このお茶碗は生け花の生徒Hさんが芸大留学中に作り、アメリカに留学する時、「思い出に」とくれたことや、一九六一年、アメリカから英語混じりの日本語でお便りをくれたことが思い出され、懐かしくそれを再読した。

香港出身の彼女は芸大留学中、日本の伝統芸術の生け花を習いたいと、学校帰り私の銀座の生け花教室に、アメリカに行くまでの二年間、通ってきていた。日本に留学直前、お母様が病気で他界され、当時長兄はアメリカへ、次兄はフランスへ留学中。Hさんは末っ子で、日本在住の元光華大学教授のお父様と暮らすため来日し、芸大へ留学した。

お稽古の初日、知人の紹介状を持参し一緒にいらした背の高いお父様は、背広のチョッキから黒皮の手帳を取り出し、私が言うお稽古に必要な用具など、金ペンをさらさらと動かされ書き込まれていた。傍でHさんが覗いて微笑んでいたのが、昨日のことのように思い出される。

彼女は寂しがり屋だが明るい学生で、英語と片言の日本語でお稽古の人々ともすぐに仲良くなった。当時お父様は銀座の教室と同じビルで仕事をされていらした。私は生け花を教えてほしいとビルで働く女姓に頼まれ、ビル内に本社を置く会社社長の叔父に頼み、社員が帰宅後、週一回、事務所で生け花を教えていたのだった。教室はその後、歌舞伎座の近くへ移った。

月日がたちデザインの勉強にアメリカの大学へ留学したHさん。彼女の手紙によると、当時の留学生はアメリカへ飛行機でなく、十八日間ほどの船旅で向かった。彼女は急遽、一度香港に帰国してからアメリカへ。香港からの留学生は約一五〇人で、船内には、図書館、ピンポン室、音楽室がある。映画はほとんど毎日上映され、よく遊び、食事は良すぎて、毎日大きなビーフ、バターなど、(体重を考え)食堂に入るのが怖かったと書かれていた。

ホノルルで下船後、「美《うつく》し《しい》お花が《を》く《首》びに掛《け》で《て》」と手紙に書かれ、ホノルル在住の友だちの伯父伯母の案内で、一日中熱帯の木と花がいっぱい咲いている世外桃源のようなところへ行ったが、人は少なくのんびりしていた。豪華な中華料理を食べさせてもらい、港まで送ってもらったこと。サンフランシスコのこと。イエローストーン・パークへ行ったこと。アメリカ人の家庭のことなど。船旅とアメリカ到着後の様子など、航空便箋四枚にびっしりとリアルタイムに書かれていて、当時手紙を読みながら安心したことが甦る。

彼女がアメリカに発つとき私は、餞別に添えて、毎朝、船内で目が覚めたとき一通だけ開くようにと、十八通の手紙を渡した。内容はすっかり忘れたが、茶色に変色した当時のメモに、〈一日、はじめに。翌日から日本の伝統のお花、お茶、陶芸。昔話として大国主命、かぐや姫、源氏物語。音楽家としてベートーヴェン。それとHさんの勉強に役立てばと、私が観たルーヴル展、ゴッホの絵、フランスの作家ロマン・ロランの美術論、哲学者アランの美術論、詩ほか……十八日、Hさんへの希望〉などと走り書きがある。彼女は留学生一五〇人中、二八人と同室になったそうだ。毎朝船室で、私の手紙の封を切って読んだことが、手紙に次のように書かれている。

「船で先生の言たとうり《にいわれたように》、毎日一つ手紙をあけます。あけるとうれしくて、涙……あるときなみだが出つきました。私だけ手紙があります。みんなが私をはらた《が笑っ》り、な《泣》いたり、い《いっ》たい手紙中なにをかいで《て》いますが《か》、みんな日本語は《わ》からないから、私にききます。みんなうらやましかお《うらやましい顔》をしでました《していました》。とくに沖縄から日本の間、颱風が《に遭遇》あって《して》皆へやの中にね《寝》ていました。私はくるしくで《て》二日何も食べなかた《かった》。しかし先生の手紙をみで《て》まだ《た》なみだが出てきました。先生は私のおかさん《おかあさん》だ　なんとゆ《い》う親切先生でしょう、私はそんなに親切人とおかれでそん《別れしてそんな》遠いところへいくのか……」

沖縄辺りで遭遇した台風の苦しみの箇所を読んでいるとき、Hさんが日本にいた当時のことが思い浮かび、しばしお稽古場やその他のことを考えていた。

お母様が他界され、末の女の子が寂しく、仕事で日本在住のお父様の傍に来てそこから芸大へ。夜、週に一度私の生け花教室にお稽古に通って来くるのだが、お稽古というより、初めて見る日本の習慣に驚き、その報告に来ていたようであった。例えば、部屋にベッドがなく、大きなお座敷に広い床の間があり、そこに布団を敷いたら注意された……など。母にも友にもきけず、私にお花以外のことの相談に来ているのだった。

そんな彼女は、背が高く大柄だが寂しがり屋で、私を「先生だけどお姉さんだと思って良いか」と聞いて、慕ってくれていた。私も彼女と同年代に母が他界し、弟妹の世話でやむなく大学を中退。それで私は多忙な日々だったが、彼女の船旅の寂しさを紛らわせてあげたいと、熟考する暇なく恥ずかしい乱筆のままの手紙を十八通認《したた》めた。彼女の手紙の文面から、彼女の喜びが伝わって来て嬉しい。

文中、「笑ったり……」とは、お花の教室の新年会に、お稽古の人たちが狭い我が家に集まり、羽根突きをして、負けた人がたくさんお汁粉を食べたことだっただろうか。あるいは、花の名前を覚えがてら、百草園《もぐさえん》などにハイキングに行ったことがあった。園内の藤棚の下で野点てのお茶会をして、苦いお抹茶を頂くとき、お茶碗を回すのが面白かったことだろうか。後に苦いお抹茶が好きになり、彼女は芸大の陶芸クラブで黒の茶椀を作った。そして大切にしていたそのお茶碗を、アメリカ留学の際、「センセ、ワタシと思って持っていて下さい」と手渡してくれたのだった。

当時教室に通ってくる生徒はさまざま。社会人や学生、秘書、主婦などそれぞれ、お稽古のほか、デパートの華道展、靖国神社の献花などへの出品も熱心に参加してくれたが、ハイキングも和気あいあいで楽しい思い出になっている。手紙を読みながら、彼女も一瞬その日が脳裏に浮かんだのか。

また、文中「泣いたり……」は、彼女に芸大祭に来てくれと頼まれて行ったときのことだろうか。美術部門の作品展示会場で、彼女や他の学生の初々しい作品の前は、学生の父兄や友人たちの参観者で華やいでいた。彼女には父母も兄弟も誰も来ない。私が観に行ってよほど嬉しかったらしい。友人に会うたび、自分にも観に来てくれた人がいるのですと、「コレ《こちら》、イケバナノ、マイティチャー《私の先生です》」と私の肩に手を掛け言うのである。その後、私は演奏会が催される奏楽堂へ。最初の曲目は、ベートーヴェンの第六シンフォニー「田園」。私の心はたちまち、将来の演奏家たちが奏でる美しい音色に浸った。芸大祭の夕べには、赤々と宵の空に燃え上がるキャンパス・ファイアーを囲み、彼女の仮装ダンスパーティ姿や、「キテクレテ、ヨカッタヨ、ア一」の言葉とともにそのときのことが脳裏に甦る。船旅に私が寄せた手紙にベートーヴェンを書いたのは、あの日の思い出を重ねて書いたような気がする。

ロランやアランの美術論も手紙に書いたが、新しい本を読む暇が無く、私は、当時、月一回土曜日の夜、ロマン・ロランの小さな研究会に出席していて、そこでロランの『ミケランジェロ』や、アランの美術論が話題になったからだった。源氏物語などは、彼女が折角日本に留学に来たのだから、日本文学も少し理解して欲しいと願い、素人の案内を書いたのではないだろうか。そんなことを考えながら、ふと目を上げると庭の白樺を通り過ぎる秋風が、木の葉を揺らしている。

「学校始まってからいそがし《いそがしい》のでいま特別長い手紙をさし《差し上げ》ます　まだ《た》先生にかきましょう　さよなら。お元気で　H上　九月八日 11:02 A.M.」

そう終わっている長い手紙をそっとたたんだ。その後多忙な彼女から、赤いクリスマスカードが届いた。それには金色の線で中国服姿の女児が描かれていた。

いまはスマホで世界中、瞬時にして用件が伝わり、手紙も減った時代であるが、化石人間の私には縁遠い話である。元生け花教師への、かつての留学生からの〈てにをは〉も不明な、たどたどしい日本語の手書きの手紙。そこには私を慕ってくれていた彼女の心が表れている。

いまでは私は手が不自由になり、パソコンも薬指だけしか使えず、一通の手紙も重い腰を上げないと書けない。十八通の手紙の内容は不完全なものであれ、寂しがり屋のHさんが、同部屋の二十数人に羨ましがられる朝のひとときを過ごせたことは、我がことのように嬉しい。彼女がそれをお父様に報告したのだろうか。

「杉田先生には娘が日本滞在中、華道を御指導頂き心から感謝申し上げております。娘が活けた花が、書斎の机の上にあったとき、日本の伝統芸術の美しさを感じ、嬉しく思っていました。また娘が米国留学の折には、御多忙の折、日々開けるようにと御指示の心温まる御便りの御心遣いを頂き、重ねて厚く御礼申し上げます。御礼に心ばかり……」と、お父様の蔣君輝先生がお礼のお手紙を下さり、ご自宅にご招待頂き、蔣先生の呉寓に伺った。呉寓は友人の緒方竹虎邸で、日本滞在中、使用して良いことになっていると言い、小田原の先、山の手にあった。近くに古稀庵（明治の元勲山縣有朋邸）があり、伺った折、先生は無住の古稀庵の庭もご案内下さった。呉寓の二階応接間で、ボーイさんが運んできた、珍しい雉子《きじ》の中華料理をご馳走になったことも、遠い昔の秋の日の思い出になっている。

彼女が私を〈お母さん〉と書いてくれている手紙から半世紀以上も前にタイムスリップさせられ、つかの間、懐かしさに包まれた。

いとおしい花材

テレビを何気なく見ていても、画面に花が活けてあると、ついつい見入ってしまう。銀座の小さな華道教室で十年教え、あちらこちらにもお花を活けてきた。その度どんな花材にしようか、花の色や花器の取り合わせ、そこに風が通るように、自然に……。慎重に花材を選び、そして無心で花に向き合う時間。

一九六四年東京でオリンピックが開催されたときは、華道協賛会のボランティアで、選手村の東南アジアレストランにお花を活けたことがあった。各国の選手で活気あふれる雰囲気に、気持ちも湧き立つ。レストランの一隅に、黄色いダリアを十数本、乳白色のふさふさしたパンパスを二、三本、緑に紫の斑入りのドラセナ数葉を取り合わせ、花器はコンポートに活けることにした。仕上げに水揚げが悪いダリアの花、二、三輪を切り落とした。すると、背後で珍しそうに私の活け込みを見ていた、頭に白いターバンを巻いたインドの選手が、「ホワット《なんと》・ア・ピティ《かわいそうに》」と言いながら、切り落としたダリアの一輪を拾い上げ胸ポケットに挿した。「サンキュー・ベリーマッチ」と、私はダリアの命をいとおしむ選手にお礼を言ったのだが、そんなことも、花材とともに懐かしい。

娘が中学の頃は、文化祭でPTAの作品として、娘と奥多摩にハイキングへ行った思い出をテーマに、イガグリの花材を使った。イガグリ付きの栗の枝に添えて、桔梗、女郎花《おみなえし》を籠に活けてみた。普段あまり見ないイガグリ付き栗に、「懐かしい、栗拾い思い出す」と、来場者の方々がしげしげと見て下さった。

さりげない秋草に、ほんのひととき季節の彩りを感じるのもいい。華道教室十周年記念として開催した銀座での花展は、華やいだ作品で満ちていた。が、私は入り口に、木の根に銀白色の芒《すすき》、吾亦紅《われもこう》、紫苑《しおん》などを活けた。銀座を歩く外国人も思わず足を止めて下さったが、当時私がフランス語会話と生け花の交換レッスンをしていた、フランス人女医さんも会場に来て、「オー・トレ・ビアン《まあたいへんすばらしい》、ススキ」と感嘆し眺めてくれた。芒が、日本の秋を外国人に伝えてくれた。

日本フランス語フランス文学会総会がW大学で開催された際には、会場係のK教授に、「総会場の壇場に何か花を……」と頼まれたこともあった。他大学で行われた総会のときの花材も思い出しながら考え、大輪の芍薬の花を十本ほど、それにどうだんつつじ、紫の菖蒲数本を添え大壺に活けた。開催当日たまたま会場前列にいた、他大学の老教授が、薄紅色の芍薬の蕾が少しずつ開いていくのを眺め感動して下さった。その当日夜、フランス大使館で開かれたレセプションの席での雑談で、会場係のK教授にそのことを楽しそうに話題にされたと聞いた。芍薬の花の命を老教授に感じ取って頂け、嬉しい思い出になっている。

渋谷東急プラザ春の花展では、山の湖畔の落葉松林をイメージして、黄緑色の落葉松の新芽、白いナルコユリ、紫色のミヤコワスレを組み合わせてみた。大きな長方形の平水盤奥に落葉松に高低をつけて活け、前方に低くナルコユリなど添えた。語学の恩師で俳人F先生もいらして「落葉松の黄緑色の新芽が生きています」と、しみじみ眺めて下さった。

これまで扱った花材が脳裏を巡る。そしてなかでも特に忘れがたい花材に粟《あわ》があった。あるデパートで開催された「初秋の花展」でのこと。粟を主材に、紫リンドウと白い小菊を用い、それらが山の畑の隅で秋のやわらかな陽を静かに浴び、生を謳歌しているのを表現しようと、焦げ茶の大きな平籠に活けた。

九月頃に淡い黄色の小花が穂状になって咲く粟。郷里群馬の山深い寒村では、麦、蕎麦などと同じ段々畑で耕作される。亡き父が生前、娘の私が華道教師として初めて花展に出品することを喜び、郷里の珍しい苔付きの山つつじはどうか、など言ってくれたことがある。それを思い出して、田舎の〝粟と粟畑の隅に咲いていたリンドウを花材にしてはどうか〟と考えたのである。

栗が畑で伸び伸びと自由に秋の陽を浴び、花から実になる姿を思い描き、花つきの良い八、九本を選ぶ。それに高低を付けて、一本一本の向きを考えたりして苦心しながら活け込みを始めた。栗が茎だけなので、それをカバーするように、紫リンドウは、栗のそばに自然に生えてきたように見せようと、栗に添わせて挿していった。けれどリンドウそれ自身の存在も示すように、前と横に栗と別にそれぞれ一本長めにも挿した。

最後に白い小菊は、紫リンドウを浮き立たせ、栗を支え、全体をまとめ秋の一隅になるように、少しずつ高低を付け一本ずつ活けていく。白い小菊は栗の実りの穂や紫リンドウに打ち消されそうで、活けるのに苦しんだ。小菊を沢山使うと吹きぬける風を感じられなくなる。それで、これから咲き始める蕾をかわいそうに思いながらも落としていった。それぞれの花材の命と向き合って、夢中になって二時間ほど活け込みをした。活け終わってひと呼吸し、少し離れて眺めて見た私は、地味であるが、そこに秋の訪れを感じさせられ、ホッとしたものである。

ちなみにその隣席は立派な壺に、何か月も前から花屋に特別注文したであろう、老木に珍しいランを活け込んだ作品。会場でひときわ注目を浴びていた。会場では、他のどの花材の作品も秋を寿いでいた。

そのような花展会場で、たまたま栗の作品も淡交社のカメラマンの目に留まり、雑誌『淡交』に掲載された。私はその写真を眺めながら、その数年前に他界した父が、もう少し長生きしていたら、「栗にして良かったなぁ」と言ってくれたようで残念でもあった。卒寿の私にとって、遠い日の花材の栗などは、今も心の熾火になっていてひとしお愛おしい花材である。

栗と秋草　著者作品

酒も飲めない女は山女《やまおんな》でない

先日、たまたまラジオのスイッチを入れると、NHKラジオの「山カフェ」で各地の山小屋の話をしていた。ある山小屋の主人は、登山が好きで小屋に泊まった際、そこの手伝いをするようになり、いつしか小屋番になったという。ラジオに耳を傾けながら私は、訪れた数々の山小屋と忘れ難い山の思い出を懐かしくふり返った。

六十数年前、従兄弟たちと富士山登山をしたこともあった。当時は一合目から登り、七合目で初めてすし詰めの山小屋に泊まった。山頂で雲海の彼方からご来光を拝んだ時は、すし詰めの小屋や、敗戦後の苦難の日々を忘れさせられ、感無量だった。

友人と泊まった十文字小屋も楽しい山旅のひとつ。信州から秩父に峠越えした折、猿麻枠《さるおがせ》の下がる秩父原生林の山道を、私たちは椎茸を採りながら歩いた。それを、小屋の主人に夕食の汁に入れてもらい、ランプの下で囲炉裏を囲み、皆で食べた食事は忘れがたい。

中年になり山好きなMさんと知り合う。山旅を再開し、互いに仕事を持ち家事や子育てに追われる日々だが、月一回日常を忘れ、自然と向き合う。山の花々に癒され自分自身の気持ちをリセットしよう、と話し合った。彼女が地方に転居するまで二十数年間、一緒に山に行くことができて彼女に感謝している。山は、辛い人生に耐え、あるときは生きる勇気を与えてくれた。

そんな山旅の思い出の一部を、還暦に上梓した拙著『夾竹桃』に書いている。筑波山の思い出は「筑波山と煙管《きせる》」、西丹沢の大室山《おおむれ》は「五右衛門風呂」、谷川連峰の平標《たいらっぴょう》山では「雨とハクサンコザクラ」、南アルプスの北岳は「這い松」などである。ある読者の方は「這い松」の感想のお便りに添えて、友人のカメラマンが撮影した甲斐駒ヶ岳を額に入れて贈って下さった。百万年そこに在って人を寄せ付けない峻険《しゅんけん》な姿である。私は山の厳しさに畏敬の念を持ち、今でも書斎の本棚に飾り眺めている。

ラジオから流れてきた小屋番の話から、あれこれ山の思い出は尽きないが、なかでも一度だけ山小屋で手伝いをしたとき、「酒も飲めない女は山女《やまおんな》でない」と小屋番に言われたことを思い出した。一九八九年秋、Mさんと南八ヶ岳を縦走していた時だった。あの日は小海線の松原湖で下車し稲子湯までバス、そこから五時間歩きで標高二四四〇メートルの夏沢峠小屋泊りの計画だった。ところが、電車内で偶然同席した女性が、途中の本沢温泉へジープで行くと言い、「仲間二人のキャンセルがあるので乗りますか」と声をかけてくれた。私たちを乗せたジープは、美しい落葉松林の林道を軽快に走り五〇分で着いた。お陰で夏沢峠に向かう途中、硫黄岳を眺めながら本沢温泉の露天風呂に入り、峠から近くの箕冠山を往復してもまだ早い時間に峠のY荘に着いた。

そこは部屋の間仕切りがない、昔ながらの小さな山小屋で、小屋番のおじさんが一人で忙しく夕食の用意をしていた。それで疲れていたが「少しお手伝いを」と、私はテーブルに食器を並べ始めた。すると「暇な奥さんが、家で旦那や子供の食器を並べるようにしていたら、小屋番は勤まらない」とせかされる。友は「宿泊代払うのだから、見ていれば良かったのに」と言った。前年の夏、大雪山でコマクサの美しさに魅せられた私たちは、硫黄岳のコマクサに会うため泊まった山小屋であった。たまたまジープのお陰でゆとりの時間ができて、ちょっとお手伝いをと思ったのだった。

小屋の宿泊者は常連客が多いようである。夕暮れ近く三々五々山小屋に来て、席に着き夕食が始まる。小屋の棚にある一合カップ酒が売れ始める。小屋番のおじさんは、自らも少し酒を傾けながら食事を出している。そして山の情報など世間話に花を咲かせていた。そんな中に中年過ぎの山女《やまおんな》が二人、迷い込んだ小屋の夕食だった。おじさんは私に「手伝ってくれたお礼に」と、一合カップ酒をくれた。お酒と言えば、私はかつて生け花教師時代、教授の新年会や生徒さんの教授伝授与式の折、生徒さんたちへの祝の杯でお酒を戴いただけであった。山での登頂乾杯はもっぱらコーヒーかお茶であった。それで、「折角ですがお酒は飲めないので、八ヶ岳の難所通過の注意点を教えて頂ければ」と頼んだ。

すると、少しお酒に酔ったおじさんが、「酒も飲めない女は山女《やまおんな》でない。酒が飲めるようになったらまた山に来い。教えるから」と言った。が、しばらくして「そうだなー、横岳の絶壁通過が怖いと思ったら、赤岳から権現岳へのキレットは止めた方が良いなー」、常連客に同意を得るように言いながら、酒の代わりに缶ジュースをくれた。

夜、小屋の背後のうっそうとしたシラビソ原生林の上には冴え冴えとした満月。そして早朝は、前方の雲海の彼方から太陽が昇る。荘厳なご来光を見ることができるか、一瞬の僥倖を思いながら、私は明け方日の出の瞬間を待っていた。ご来光の刻々と移りゆく光りに見とれ、朝食を済ませて、いよいよコマクサに会いに硫黄岳へ向かった。北海道大雪山の広大なコマクサの群落とはほど遠いいが、薄い紅色のかわいい小花がそこここに見られた。そして、足下に広がる種類も豊富なお花畑をぬって、霧の中の硫黄岳山頂へ急いだ。

そして、鋭い岩稜が七つ続く横岳山頂へと、慎重に岩場にとりつく。深く切れ落ちる岩稜の通過には、クサリや針金が付けられていて、一人ひとり並んでの通過は緊張の連続だった。ようやく主峰・横岳山頂（二八三〇メートル）に着いたときはホッと安堵すると同時に、頭を上げると偶然霧が晴れ視界が開けた。かつて登った北アルプスの槍、穂高ほか、南アルプスの北岳、甲斐駒、仙丈、中央アルプスの木曽駒などが、雲の上に見えMさんと感激して眺めた。これから登る赤岳の雄姿も前方に見て、コーヒーとクッキーで小休止した。

赤岳までは急登で苦しかった。山の天候は変わりやすい。主峰・赤岳山頂（二八九九メートル）はまた霧に包まれていた。横岳の難所通過で、足の掛け場を教えてくれた昨夜小屋で同宿だった男性が、親切に声をかけてくれた。「これから先のキレット、権現岳縦走するなら案内してあげますよ」。しかし私たちは霧がわいて不安なのと、横岳の絶壁通過が怖く、丁寧にお礼を言って別れた。横岳へはもしその男性や、他の登山者がいなければ私は恐怖心から引き返し、小屋のおじさんに、「だから、酒も飲めない女は山女《やまおんな》でないって、言っただろう」と言われていたかもしれない。

私たちは、赤岳から下山することにした。途中中岳への分岐点までクサリ、クサリの連続。霧に覆われた阿弥陀岳には登らず、赤岳鉱泉に下りた。厳しい八ヶ岳縦走を終え、その日は小屋泊りでホッとした。月明かりの下、紅色のヤナギラン、紫の野菊、ホタルブクロなどが咲き、硫黄岳山頂とはまた別な花々に癒された。疲れたMさんは早く床に着いた。私も疲れていたが東京に戻ると見られない夜空に輝く星々を、ちょっと眺めて休みたいと外に出た。

そこで、ぼんやりと空を眺めている若い外国人女性と出会った。私が英語で「お国はどちら」ときくと、彼女は東京に留学中のカナダ人とのことだった。「好きな山に来て、大自然に心癒された」としみじみと言う。「私も同感です」と答えると、「憧れの日本の山に来たが、誰とも話せずにいた」と言い、初老の山女《やまおんな》との会話を喜んでくれた。「日本酒は飲めないので、ワインで」と、彼女持参のワインで乾杯し、一緒に星空を眺めた。あの時ついでに、「酒も飲めない女は山女《やまおんな》でない」と言われた小屋番のエピソードを、彼女に話せば良かったかしらと思った。

彼女と別れたベンチのそばに、年輪の詰まった木片が一つ落ちていた。長い歳月八ヶ岳山中で生き、立ち枯れた木。山のふもとの鉱泉の薪使用に切り倒し、長さ二十センチほどにして焚かれるものであろうか。咄嗟に私は、書見台として少しの間そばに置きたいと思い、それを拾った。今も私の傍で、ちょっとした読書の友になっている。

ラジオの話を聞きながら、年輪を刻んだ薄茶の書見台にちらっと目をやった。もう再会することはできないが、「酒を飲めない女は山女《やまおんな》でない」と言った、Y荘小屋番の姿が脳裏に浮かび、お元気かしら、と懐かしんだ。

娘と登った花の白山《はくさん》

加賀の白山（二七〇二メートル）は信仰の山として、富士山、立山とともに日本三名山の一つである。美しい山容は、石川、福井、岐阜、富山の四県に裾野を広げ、高山植物で名高いその山では、夏にはハイマツの間からハクサンコザクラ、クロユリなど無数の花々が登山者を出迎えてくれる。かつて私は、富士山と立山には登頂しており、いずれ白山に登ってみたいと思っていた。それでお花畑のちょうど盛りに、当時大学生だった娘と石川県側の砂防新道から登り、岐阜県側の平瀬道へと下山したことがあった。平瀬道は白水湖からの交通が不便なのでそこを通る人は少なかったが、味わい深い静かな山旅を楽しむことができた。

砂防新道の登山口は別当出合にあり、私たちは麓《ふもと》の宿に前泊し、翌朝、娘は食糧と水筒をリュックに入れ、私は衣類を詰めたリュックを背負い出発した。樹々の茂みを縫うアプローチに心が静まる。別当谷へ下りつり橋を渡って、白いウメバチソウの可憐な花に励まされながら登り進める。やがて、右手に不動滝が見える頃途中車道に出ると、急登が始まり、ほどなく中飯場に着く。そこから案内板に従い尾根に取り付いた。別当谷の源頭が見られる別当覗きを過ぎてもなお石段の辛い登りが続き、若い数人のパーティーが苦しいと言いながら前を行き、娘も私もハアハア言いながらきつい登りに耐える。

高飯場跡を過ぎてようやく着いた甚ノ助谷ヒュッテでひと休み。急登の連続で疲れたが、彼方に御舎利山の雄姿を眺めながらの休息はよかった。大休止の後、再び石段状の登りが始まる。やがてエコーラインの分岐点に出ると、後は右のなだらかな斜面に多数の花々が見られるエコーラインをたどった。その年はお花畑が見事な年で、草丈の高い紅色の群落はシモツケソウ、オレンジ色はクルマユリ、白のサラシナショウマと華やかに彩られ、エーデルワイスなども短い夏を謳歌していた。素晴らしい花の海の中で小休止した後にも、ニッコウキスゲの甘い香りに包まれながら歩を進めるのは、苦しい登りを忘れさせてくれた。

広大な弥陀ケ原に出るとコバイケソウの大群落や雪渓が見られ、その背後に御前峰がどっしりと構えていた。長い歳月、風雪に耐えたハイマツの樹海が広がり、その間に石を敷きつめた五葉坂を登り切ったところが、宿泊地の室堂であった。いったん小屋に荷物を預けて山頂へ向かった。途中がれき地帯のお花畑には紅色のヨツバシオガマ、紫のミヤマリンドウ、淡紅色のイワカガミが密生し、少し離れてクロユリが一面に咲いていた。今を盛りと咲き競う花々に見とれていると、前から〝早く、早く〟と娘にせきたてられる。高天原《たかまがはら》を過ぎると、石だらけの急ながれ場に変わる。間もなく白山主峰で御前峰の山頂となる白山比咩《ひめ》神社の奥宮に着いた。

そこからは天候に恵まれれば、北アルプスの山並みが楽しめる素晴らしい展望が広がっているそうだが、その日はあいにく天候が変わりやすく、急に霧がわいたりして、遠い山々を覆い隠してしまっていた。とても残念なことだが、霧の背後の北アルプスを想いながら、お茶と羊羹で登頂を祝って、お池巡りへ向かった。白山は火山の山なので、尾根伝いに進むと巨岩の天柱石、御宝庫と名付けられた累々とした岩石が次々と現れ、地獄絵図のような光景が続く。霧と夕暮れで誰一人出会わない。昔の修行者たちはどのような気持ちで、この風景を眺めたのだろうか。そう思いながら急降下のジグザグな道を急ぐ。しばらくすると霧が晴れ、火口池の一つが姿を現した。

万年雪の衣をまとい、紺青《こんじょう》の水を湛《たた》えた池は、風もなく静寂そのものであった。夏だというのに寒くヤッケを着て池を眺めながら、娘と「まるで歴史以前のままの風景みたいネ」と話し合った。色とりどりに広がるお花畑を満喫した後、荒涼とした風景に変わり、人生の一齣《こま》一齣を垣間見せられる思いで油ヶ池なども見学した。続く血ノ池の分岐からはハクサンコザクラに見送られ、登山者で賑わう小屋に戻った。その夜、小屋の片隅でその日の思い出を友だちに書き、夏期臨時の郵便局から山の便りを出した。

翌日は朝食後、平瀬道へ。指導標に従って足下の可憐な花々を楽しみながら快適に下山していると、急な崖に沿った道となりそこを慎重に通過する。登りは大勢だったが、下りのルートは私たちのほか二、三人だけだった。遥かに望む広々とした眺めを独り占めしたような気持ちで、景色を満喫しながら歩く。石川と岐阜県境の賽の河原に出たとき、岐阜県側から見た白山の姿も素晴らしかった。

さらに木の急階段を下った辺りは、斜面はマツムシソウや、ナデシコで埋め尽くされ、遥か下方に雪渓が見えた。ナデシコが好きな私はつい見とれてしまう。霧がわき、それらを覆い隠してはまた晴れる。そうした幻想的な花園の道を、娘と一緒に黙黙と下る。

すると、霧の中から枝のねじ曲がったダケカンバの樹林が現れ、背丈のある白のシシウド、黄色のコウリンカなどが目を楽しませてくれた。彼方に薄いグレーのカンクラ雪渓が見え、霧が晴れて、雪渓に陽が差し込むと、その表面が輝き淡いピンクにサーッと衣更えしていく。私が足を止めてその光景に見とれていると、娘に立ち止まらないで、と注意される。

途中、大倉山（二〇三九メートル）越えでは雨に遭い、避難小屋で大休止した。たまたまそこで、白水湖から登って来た家族連れに出会った。元気いっぱいの小、中学生の男の子二人は夏休みの宿題で、白山の花を調べるのだという。「良い山旅を」と言って別れ、私たちは黄緑に彩られたブナの樹林を延々と歩いた。

いつの間にか雨も止み、振り返ると白山の美しい雄姿が再び眺められ、遥か下にはエメラルド色の白水湖が木々の間越しに見え隠れする。疲れが出て足が思うように進まない。私が「少し休息を」と言うと、「お母さん、ゆっくりペースだと十一時四十五分のマイクロバスに間に合わない」と前方から娘の声。私は白山が与えてくれた花々との出会いに感謝しながら、白水湖めざしてピッチをあげた。

東北の山旅と民謡

月山登山口の一つ肘折温泉で、変形性股関節症の痛みを癒せればと、娘に付き添ってもらい十日間ほど湯治をした。肘折は山形新幹線終点の新庄駅で下車し、そこからバスで約一時間の、山の峠を越えたところにある古くからの湯治場である。二〇一九年五月、東京では既に葉桜の季節なのに、豪雪地帯で有名なこの温泉地ではまだ残雪があり、青空に桜が満開だった。湯治の帰り、バスが峠を越える頃、雪を抱く白い山並から近くに月山、遠く鳥海山が見えてきた。私は両山を一緒に視界に収めるのも、白銀の堂々とした雄姿も初めてのこと。かつて登ったそれらの山々にはもう再会できないと思っていたので、感慨ひとしおでその風景をじっと眺めながら、山旅の思い出に耽った。

鳥海山（二二三六メートル）登山は、一九九六年の初秋だった。山友のMさんと上野から初めて夜行寝台特急〝鳥海〟に乗り、象潟に朝着。そこからバスに乗り換え五〇分で雨の登山口鉾立着。出発の用意をしている間、出羽富士と呼ばれる美しい鳥海山が一瞬見えたが、雨と霧に包まれる中登り始めた。酷い雨に打たれながら歩き、七合目御浜神社小屋で昼食にして午後、御田ヶ原を通り七五三掛へ。しばらくして雨が止みほっとして小休止した。千蛇谷の長い雪渓を慎重に渡り終えると、急登にさしかかる。そこを登り終え、当日の宿、山頂直下の御本社に約七時間かかって到着した。

宿でひと休みしてから、累々と重なる岩石帯の中、慎重に足を運び鳥海山山頂を目指した。巨岩と巨岩の間をどのように足をかけたらよいか。小柄な私は疲労と技術不足で、途中で断念しようかと考えた。先を行く背の高いMさんに、「一人で山頂を」と声をかけた時である。後ろから「どこから来たのですか」と、実直そうな男性の声がした。「東京からです」と私。すると、「東京からこんな遠く東北の山に来て山頂を踏まないのは残念です。もう少しで山頂。力をお貸しします。頑張って」と言い終わると、その男性は先に岩を登り、手に力を入れ私をぐっと引っ張り上げ、もう一人の男性が下から体を支えて下さり、私はやっと狭い山頂の岩峰を踏むことができた。偶然出会った方々のお陰で、そこに立てた歓びは感無量で、私はお二人に心から感謝した。見渡す日本海をしみじみ眺めたあと、Mさんが渡してくれた一口羊羹とお茶で登頂を祝い下山した。

登りに力を貸してくれた方は、岩手の人だった。御本社に戻り、ビールをお礼に差し上げ、拙著『夾竹桃』を後で贈ることにした。日暮れ前、その男性の一人から「ここの特別な花

〝チョウカイフスマ〟を見ましたか」と訊かれた。「いいえ」と答えると、「折角だから」とそこに案内してくれた。それは直ぐ傍の岩の間に咲いていた。指差してもらわなければ分からないほど楚々とした、白いハコベのような花だった。

夕食時間に御本社に戻る。その日で小屋仕舞いのため、水が無くお茶は出ない。味噌汁はカップ半分、おかずは佃煮だけだった。夕食後、泊まり客は石油ストーブを囲み、話しを聞いていると、日本各地から百名山を目指す人が集まっているようだった。「鳥海山は天候不順で、二度目で山頂を踏めた」などと話し、各地の山の情報も語り合っていた。

星空を見て帰りたいと、私は疲れていたが外に出た。雨あがりの塵ひとつ無い満天の星々。防寒具に身を固めた男性がひとり、静謐な夜空をじっと眺めていた。その傍で、手に取るように輝く天の川、北斗七星、オリオン座など、寒さに震えながら飽かず眺めた。苦しい山旅を続ける理由は、都会では味わうことができない、心を癒してくれる山の花に会うこと。私の人生を支えてくれた自然。ご来光や入り日の瞬間に立ち会い、夜空を眺めて日常を忘れ、自然の中に身を置くと、自分の小さな悩みが吸い取られ、心が再生させられる。こうした時間を求め、山へと向かうのである。

宿の夜具は一人毛布一枚だったが、この夜は寒くて毛布を三枚かけて床についた。

翌朝は五時出発。厳しい岩の間にかかる鉄梯子を、細心の注意を払いながら登り行者岳へと向かう。そして伏拝岳、文殊岳へと緊張の縦走が続き七五三掛へ下る。途中、昨日歩いた千蛇谷雪渓を真下に見下ろし、眼下には遠く日本海、南は月山ほか、北は岩手山、八幡平、岩木山などが一望に眺められた。朝の清々しい空気を吸いながら、チョウカイアザミなどの高山植物が咲き乱れる縦走路は爽快だった。七五三掛下の広大なハイマツの傍で小休止したとき、Mさんは「あの絶壁の上をよく歩いて来られたネ」と、しみじみと見上げて言った。

そこからは昨日登った道を下る。途中御田ヶ原でイワイチョウ、ハクサンチドリなどの花々に囲まれ、秋の陽に輝く神秘的な鳥海湖を眺めながらひと休み。近くで、花にカメラを向けた秋田から来たご夫妻に、高山植物の名前を教わった。そのご縁で一緒に下山し、鉾立に十二時着。お礼を言って別れようとすると、「ここでバスを待つより、象潟で温泉に入って東京に帰ったら」と、ご親切にも車に乗せて下さった。

お陰で温泉に浸かって疲れが取れ、急行の車窓から、昨日、鳥海山山頂で眺めた日本海や海に浮かぶ小島、海岸線の港町、沈みゆく夕陽の風景を楽しみながら新潟へ。そこから新幹線で帰京した。鳥海山登山は、東北の方々の親切が心に染みた、忘れ難い山旅となっている。

山頂でお世話になったお一人、銀行を定年退職されたTさんは、お礼に贈った拙著『夾竹

秋田駒ヶ岳　大焼砂　チングルマの群落　筒治龍之介氏撮影

桃』の山旅をお読み下さり、趣味のカメラで撮影した山や花の写真をはがきにして、お便りを下さった。淡い紅色のコマクサの写真は、花の色のなんと清楚なことか見飽きない。そこには「東北の山に是非」と書き添えられていた。〈秋田駒ヶ岳　大焼砂　チングルマの群落〉を写した一枚も気に入っている。私もその山で見たが、写真は別なルートだったらしい。このような素晴らしい広大な花の群落に出会ったことが無かった。遠く霧がサァーと下りてくる、山の空気を肌に感じさせられる一枚。病身の今、時折眺めては山の空気のおすそ分けを頂き感謝している。

Tさんのお便りには、「東北の山に来るときはお知らせを」と書かれていた。前年に登った青森の岩木山は遠いため、岩手の早池峰山登山をお知らせした。がそのときは、登山ルートが違い会えなかった。

そして、雨の月山（一九八四メートル）に登頂したのは、一九九八年の夏だった。Mさんと私は東京から夜行バスで鶴岡へ向かい、そこから八合目までまたバスに揺られた。降りしきる雨の中、山頂まで黙黙と登った。Tさんとは山頂小屋での再会を約束したが、酷い雨で叶わず残念に思っていた。山頂小屋に到着して夕食後すぐ、乾燥機でびしょ濡れの衣服を乾かし、早々に寝床に入った。雨と強い風の音でなかなか熟睡できなかった。

翌朝、下山し始めは霧に包まれ、途中鍛冶小屋跡で小雨が降り出す中牛首へ。雨に打たれて生き生きとしたニッコウキスゲ、ウサギギク、ヨツバシオガマ、白いチングルマの綿毛のお花畑を行く。トラノオなども、広大な草原で雨の中喜々として咲いていた。「せめて花たちに出会えて良かったネ」とMさん。花に別れを惜しみながら、山道を下っていると、下の方から登ってくる二人連れの登山者が現れた。

近づいてみると驚いたことに、山頂で会えなかったTさんご夫妻だった。二年ぶりの再会だった。お互いに驚き、一瞬言葉も出なかった。Tさんが「私たち直ぐ登ってきますから、下の温泉に入って身体を休めていて下さい。迎えに行き山形駅までお送りします。その間に話しましょう」と言って別れた。鳥海山で出会い、お世話になった岩手のTさんが、今回は山形駅まで送って下さる。そのご好意にどうしたら良いか、Mさんと話し合った。とにかくこの度はお言葉に甘えて、そうさせて頂くことで、ゆっくり温泉に入った。

さて、Tさん運転の車に同乗させて頂き、山旅の話が終わる頃、実はその日、奥様は岩手県岩泉町で行われる、「南部牛追い唄全国大会」に出場予定だったという。私たちに会うため棄権して来て下さったとのこと。それを聞いていれば、別の日に登ればよかったのに、山は動かないのに申し訳ないと思った。鳥海山で物静かにご主人様の世話をされていた奥様が、民謡がご趣味とは驚いた。友は岩手出身なので、幼い頃その民謡を聴いたと言う。私は何も知らないが、子どもの頃父が民謡を唄ったのを聴いたことがあり、民謡は懐かしかった。それで、「是非車中でご披露して下さいませんか」と私は厚かましくもお願いしてみた。奥様は最初遠慮されていたが、「折角だから」とTさん。

すると奥様は、登山シャツの上のボタンを一つ外し、居住まいを正され、目を閉じひと呼吸おいて、心の底から魂の叫びのように、

〽田舎なれどもサーハーエ
南部の国はサー

西も東もサーハーエ

金の山コーラサンサエー……〃

と唄い始められた。その声量の素晴らしさ、見事なこと。何百人の前で唄うはずの奥様が、私たちのため唄って下さり、こんな贅沢をして良いのだろうか。民謡が好きだった父が聴いたら、さぞかし喜んだことだろうと、ふと亡き父を思った。

奥様の肉声を通して、牛追いが心の底から牛との別れの今を切々と唄う、その声の抑揚や感情が聴く者の心に響き、牛への深い愛情が伝わって来るようだ。各地の山道もそうであるが、最後に売られるために通った道でもあるのであろうか。このような民謡は後世にも是非残って欲しいと、しみじみ聴きながら思った。いままで三百数十回も山旅を重ねてきたが、私にとって月山は、民謡を聴けた一期一会の特別な山旅になっている。

民謡の世界に浸っているうち、バスの車窓から二つの山の姿が消え、新庄駅が近づいてきたようである。親切なTさんのお陰で山頂を踏めた鳥海山。そして奥様の民謡を聴くことのできた月山。車窓から両山の白銀の姿を目に焼きつけ、思い出にひたれたしばしのとき。ぬくもりある肘折の湯とともに温かな気持ちに包まれた。

郵便はがき

恐れ入りますが切手をお貼りください

101-0052

東京都千代田区神田小川町二－五

株式会社 三省堂書店／創英社

出版事業担当 行

卒寿の埋火

愛読者カード

ご氏名	性別 男・女	年齢 歳
ご住所 〒 電話 （ ）		
ご職業		
お買い求め書店名		

読者アンケート

ご感想、お気づきの点、ご質問など何でも結構です。お気軽にお寄せください。
※ご記入いただいた情報をもとに本状を著者に回送させていただく場合がありますので、予めご了承ください。

ありがとうございました

二　卒寿の埋火

一本のひも

先日、箪笥《たんす》のナフタリンを交換したとき、半世紀以上も前の、祖母の手作りの腰紐が目に留まった。あれはあるお茶会の日の朝のこと。着物を着ていたとき紐が一本足りなくて、隣に住んでいた祖母に借りに行った。すると祖母は、「この紐はあげるけど、着物を着るときは前の日に揃《そろ》えておくもの……」と言いながら、端布をつぎたして作った紐を手渡してくれた。

明治生まれの気丈な祖母は、私の母が四十六歳で他界したとき、「嫁入り前の子どもたちを残して親より先に逝くなんて」と、娘の他界を自分が代わりたいと悲しんだ。その後祖母は、私たちに和裁を習い、普段着ぐらい自分で仕立てるようにと言った。それで私は、お花やお茶のお稽古のほか和裁を少し、妹は洋裁を習い、家族の衣類や蒲団《ふとん》の作り直しもした。

そのころは敗戦後十年ほどで、まだ物資が不足しており、蒲団の作り直しを自宅でした。洗濯機もない時代のこと。蒲団布の洗濯は盥《たらい》で手洗いして大変だった。そうして蒲団布の表替えをしたときの端布は捨て、また和裁や洋裁で出る数センチの切れ端、ウール地、木綿地、化繊布などの端布も捨てた。

そのとき当時七十歳過ぎだった祖母は、私たちが留守の間、そのゴミの中から使えそうな小布を拾い集めていたようだ。そのことを祖母は一言も言わなかったが、それで座布団カバーや腰紐などを、色の取り合わせや布の質を考えて丁寧に作っていたのだった。

布片を組み合わせて縫い合わされた紐。たとえば、その両端は結びやすいように柔らかな布を使い、それは私が祖母に頼まれて縫った羽織地だった。すっかり忘れていたが、表地は焦茶に細かい松葉模様、裏地にはグレーや薄茶に歌舞伎の勧進帳の旗の模様が描かれていた。縫い合わされた次の布は、えんじと黒の格子柄の木綿蒲団の端切れや、父のネルの寝間着の衽《おくみ》の細長い斜めの布だった。それらは使い道もなく、私は自分が捨てたことを昨日のことのように思い出される。祖母は、衽の斜めの部分に他方の斜め部分を逆にして縫い合わせ長方形にして使っている。

そのことを何回か手にしたときは気づかず、白と茶の格子模様にただ父を思い出し、懐かしく使っていたが、いま祖母の工夫に驚く。年月が経ち布は薄くなってあちらこちら虫が食っているが、締めやすいようにした作り手の気配りが感じられる。紐のなかほどには、妹が私に仕立ててくれた淡い紅色のウールのスプリングコート地や、妹が自分のために仕立てた、厚手の若草色のスーツ地が見られる。その続きは、妹が祖母に頼まれて縫った、グレーに小花模様がついた木綿のワンピース地で、それは幅三センチ、長さ十センチほどの三角形の端布であった。

私の着物の袖口の切れ端や、色の異なる数センチほどのスーツの柔らかな裏地をつなぎ合わせている箇所もある。それらは紐を締めたとき内側になるように考えられていた。祖母は、拾ってきた小布をただ使えればよいというのではなく、出来上がったものが使いやすく、見た目も、限られた素材をベストに見せるために、祖母なりの工夫をこらしていたのだった。

ごつごつしたその紐をしばらく手に取って眺めていると、その白と茶の格子模様のネルの寝間着を着た父が、綿を打ち直したふかふかの蒲団の中で、老眼鏡をかけて本を読んだり、テレビがまだない時代、ラジオから流れてくる広沢虎造の浪花節《なにわぶし》を聴いていたことなどが思い出される。若草色のウール地は、妹の洋裁学校の卒業制作のスーツ生地だった。提出日に間に合わせるため、徹夜になりアイロン掛けなどを手伝ったことも懐かしい。

ところであの日、お茶会の帰り隠居家に立ち寄って紐のお礼を言った後、お土産の果物と、お茶席で出された主菓子を祖母に手渡した。すると祖母はすぐにそれを仏壇にお供えし、亡き私の母に報告してくれたのであろうか、手を合わせた。その後祖母の淹《い》れてくれたお茶を飲みながら、盛況だったお茶会の様子を報告した。

祖母、父、妹も他界してからはるかな歳月が経った。現在は物が溢《あふ》れ不用になるとすぐ処分してしまい、思い出も処分してしまう。情報過多で過ぎ去った月日を思い出している心の余裕もなく、情報におぼれて過ごしていることもあるだろうが、それが心豊かな生活なのだろうかと折々思う。祖母にとって物を大切にすることは、ただ節約以上に、人生を慈しみながら生きることだったような気がする。そのことを無言で教えてくれる祖母手作りの紐を見つめ、私は思い出に浸っていたが、やがてナフタリンを入れ替え元の場所にそっとしまった。

母校の旧国民学校を訪ねて

無言の同窓会

私は、子ども時代のあまりにも悲惨な太平洋戦争中のことを忘れたい、といつも思っている。当時、父の勤務先だった多摩川沿いの軍需工場の社宅に住んでいた。通っていたのは川崎大師近くの川崎大師国民学校で、戦時中の一九四四年（昭和十九年）に卒業した。

空襲で疎開して以来、母校を訪ねることはなかったが、二〇〇三年、五十九年ぶりに訪ねたことがあった。以前上梓したエッセイ集『夾竹桃』（一九九二年）に、戦争のため過酷な時代に翻弄された小学生時代のことを書いていて、若い先生方にお読み頂ければと、贈呈のため持参したのだった。

戦後に建て替えられた母校の校舎は立派で、戦時中を偲ぶものは何も無かった。中年の教頭先生は老女の私に驚かれたが、拙著を受け取って下さり、一枚あった、ゲートルを巻いた校長先生を中心に写された戦時中の卒業写真のコピーと、学校の創立一二〇周年記念誌『流れゆたかに』を下さった。

私が通っていた頃、当時母校は、国策で国民学校と言われていた。校門を入ると奉安殿《ほうあんでん》（天皇、皇后の御真影《ごしんえい》〈写真〉と、教育勅語〈写し〉が収められていた）があり、生徒たちはそこで立ち止まり、最敬礼して教室に向かう。途中、背中に薪を背負い、歩きながら本を読んでいる姿の二宮金次郎の銅像も建っていた。

現在その場所にはただ樹木が数本植えられ、積もった落ち葉に混ざって、コンクリートの破片が二つ、三つ転がっていた。それを何気なく見ていたら、なんと二宮金次郎の片足が目に入った。それは戦時中金属が不足して、銅像も戦争遂行のため軍部に供出されたとき、コンクリートからはがれず、そのまま捨てられていたものであろうか。敗戦後半世紀以上もたって、放置されたままであった。私は驚き、ひとり無言の旧友に再会したようで、その場で立ち止まった。

そう言えば、国民学校では天長節《てんちょうせつ》（天皇誕生日）の式典があり、奉安殿から取り出した「教育勅語」を、校長先生が白手袋をはめて厳かに、「朕《ちん》思うに……」と奉読した。それを校庭で全校生徒が整列して並び、頭を下げて聞いていた。ある日は、「神国日本の必勝を信じ……」と、校長先生の訓話があった。教室でも神道に基づく教育が行われ、クラス全員で現人神《あらひとがみ》（天皇）に対し、「天皇陛下の御《おん》ために今日も一日一生懸命勉強します」と起立して唱えてから、授業を始めたものである。

私たち上級生は、体育の授業で男子は剣道、女子は薙刀《なぎなた》があり、小柄な私は長い薙刀を振り回すことが下手で、先生に注意されていた。その授業の代わりに、校庭の花壇の花を抜き取り、戦地に送る油を採るため、ヒマの苗を植える作業になるとホッとしたものである。宿題には、戦地の兵隊さんへ送る手紙書きがあった。学校ではそれを慰問袋に詰めたり、空襲に備えた避難訓練があり、緊張の連続で休み時間の楽しい思い出がない。

私が避難訓練で疲れて学校から家に帰っても、母は留守がちだった。戦時中、母親は国防婦人会の一員だった。それで焼夷弾が落ちた時の火災に備え、隣組で行う水をバケツリレーで渡す防火訓練に出ていたり、配給品を受け取るため、店の前に並んだりしていた。戦況が厳しくなり、食料の配給も不足してきて、お弁当はご飯とオカラ（豆腐のかす）のこともあった。それで社宅の裏庭では、どの家も空襲に備えた防空壕を作り、その周りを菜園にした。母は野菜の配給がない日でも、おみそ汁に入れるために、摘んでもすぐ伸びる野菜やタマネギなどを植えていた。

学校でも関西への修学旅行は中止になり、代わりに鎌倉へ日帰りの遠足になった。青空の下、大きな大仏の前で、少ない配給の食料の中から作ってくれた、母の心づくしのお弁当を仲良しのY子ちゃんと食べたことが、唯一楽しい思い出になっている。

Y子ちゃんとは、同じ女学校に合格して喜びもつかの間、私が疎開した後、米軍のB29爆撃機による川崎大空襲があり、罹災《りさい》者は一〇万人を超え、約一〇〇〇人の死者が出た。彼女は空襲の犠牲になったという。そのほか生死不明の級友の微かな面影も脳裏に去来して悲しい。同窓会というものに縁がない私は、特に小学校の同窓会には出席してみたいと心の熾火になっていた。母校で思いもかけず二宮金治郎の銅像の足の断片と再会して、数少ない戦時中の写真を頂き、鎌倉大仏前での集合写真の姿が思い浮かぶ。〈あのときのクラスメートは、戦後をどのように生きていたのだろうか、いまどうしているかしら……〉と思いながら、半世紀以上経って、ひとり無言の同窓会をした。

頂いた創立一二〇周年記念誌『流れゆたかに』の頁を開くと、昭和、平成の元気はつらつとした児童たちの様子が記されていて、次の世代を頼もしく思う。と同時に、全校児童の前で校長先生が、「神国日本の必勝を信じ……」と戦時中に訓話をされた教育が、二度と無いことを願いながら母校を後にした。

コークス置き場とチガヤ

母校からの帰り、多摩川土手にあった〝コークス置き場〟を見て帰ろうとふと思った。その土手へ行く途中で川崎大師の参道を通った。立派な大師本堂前の賑わう仲見世通りを歩きながら、同じこの場所での、疎開の日（一九四四年）のことが思い出された。

あの日の朝、前夜、米軍のB29爆撃機から工場や道路に爆弾や焼夷弾が投下され、道路が通れず、大師参道を通り駅へと急いだ。私が疎開した後の大空襲で本堂も全焼したそうだが、あの日はまだ残っていた本堂前の参道脇では、前夜の空襲で犠牲になった人の上に筵《むしろ》がかぶせられていた。横に兵隊が立っている傍を、足早に通り過ぎる十二歳の私自身の姿が、脳裏に浮かび戦争の残酷さ悲惨さを思う。それは、毎年テレビに映し出される、川崎大師の新年の混雑とは別な世界である。普段でも大勢の参拝客で賑わっていて、六十年ほど前のことなのに今浦島の感慨をもった。

賑わう川崎大師を通り、コークス置き場へ急いだ。だが昔の町並みはすっかり変わっていて、多摩川土手の方角を尋ねながら歩いた。着いてみると、あのコークス置き場は跡形もなかった。広大な軍需工場跡地は、一部が大師駐車場となり、あとは更地になっていて驚く。

コークスは火力の強い燃料の一種である。戦時中は食料、衣類、燃料など配給制になった。少ない配給の燃料の練炭や豆炭などは、冬の寒さをしのぐため使いたい。それで会社の社宅の人々は、いつの頃からか、炊事にコークスを使った。そして子どもたちが放課後、社宅の近くにある軍需工場のコークス仮置き場へ拾いに行ったものである。

晩秋の寒い日、学校でヒマの収穫をして空腹で家に帰ると、母が袋を持って待っていて、「みんなが待っているから、Y子ちゃんたちとコークスを拾ってきて」と早口で言った。

当時は衣類の配給も少なく、母から渡された袋は、急いで風呂敷の両端を縫い作ったものである。モンペ姿で下駄をはいた近所の子どもたちも、継ぎはぎの袋を各自持っていた。

誰言うとなく、「今日は、守衛さんに見つからないように、気をつけなければ」と話し合いながらそこへ急いだ。社宅に続く高い工場の塀沿いを歩いて行くと、多摩川土手に出る。そこはコークス置き場で、コークスが山積みにされている。その隅で拾うのである。

それは廃材ではなく、他の用途のためしばらく野積みにされているものだった。それで盗まれないように、守衛さんがときどき工場の門から出て見張りをしていた。仲間のひとりが、守衛さんの姿を見たら皆に知らせ、各々一目散に逃げるのである。

守衛さんは、コークス置き場の隅で、数人の小学生がそれを拾っているのを見つけると、

「コラーッ」と大声で怒鳴る。燃料不足の補いに、学校から帰ってすぐ、親に言われて拾いにくる子どもたちを不憫に思いながらも、役目で怒鳴るが追いかけては来なかった。

私たちはそこから離れ、チガヤの生えている河原に下りて、守衛さんの姿が門の中に消えるまでしばらく待つのであった。母が病気で入院したときは、私は母の代わりに配給を受けに店に寄り、家事をしなければならない。そんな日は、すぐ下の妹が、近所の小学生のあとについてコークスを拾いに行った。

翌年の春、小学生以下は全員強制疎開となった。荷物は一人行李《こうり》（竹などで編まれた衣類等を入れるかご）一つと決められて、母は妹たちと疎開し、コークス拾いは終わった。

そのような戦時中のことを思い出しながら、私が誰もいない河原に下りてみると、末枯れのチガヤが風に吹かれるままなびいていた。そこでひと休みして、チガヤと一緒に風に吹かれるまま座っている時だった。母の、「戦時中に、コークス拾いに行かせて……」という声が聞こえたような気がした。

その母は、敗戦後の復興を見ずに他界。戦争が無ければ……と、母の短かった生涯を悼み、多摩川の広い川面をぼんやり眺めていた。川面には陽の光が輝き、過ぎし日々と同じように、ただ絶え間ない川の流れが海へとそそぐ。戦争など何事もなかったような穏やかな川の流れ。

暫くして私はハッと我に返り、傍らのチガヤを採り、その場に別れを告げた。

お花が好きな私は、庭や山、旅先の花を末枯れにして籠にさし、しみじみ眺めている。戦時中、コークス拾いで出合い、空襲に遭った場所で子孫を残したチガヤは、それとは別の壺にさし、出窓の隅に置いている。

今日もそのチガヤは、濃い茶色の壺で凛としている。そして病を友とする私に、多摩川の流れを一緒に眺めたように《あるがままに》と無言で伝えてくれている。

奥能登の夕陽の海で

一九八三年、奥能登の旅をしたときのことである。

私と娘は、曽々木《そそぎ》海岸ぞいの民宿に泊まり、早速夕方の海岸を散歩した。宿から歩いて二十分。海岸遊歩道の片側はそそり立つ崖で、前方には日本海が茫洋と広がっている。そして、波の打ち寄せる海岸線も見渡すかぎり岩、岩、岩……。私たちはそんな所でひと休みした。

間断なく寄せては岩にくだけ散る荒波の、ザプン・ドッ・ドッドッというリフレイン。すると、なぜか私は、予期もしない悲しみの念におそわれた。ふつう海といえば砂浜に打ち寄せる、ザザーという穏やかな波の音楽に、いつも心安らいでいたのに。なぜだろうか。

彼方の水平線に目をやると、敗戦後、父がソ連軍によって抑留されていた北朝鮮の地がある。引き揚げの際、超満員の船室で日本海の波の音だけを聴いて帰国した。その同じ波の音を耳にしたからだったろうか。

あの戦争中父は、勤務先の会社から転勤命令で外地の工場へ単身赴任していた。敗戦後、ソ連軍の指示により、同僚たちと一緒に収容所とされた建物に連行された。そこでは内地のいろいろなデマが飛び交った。家族は空襲で死んだとか、疎開していたとしても、上陸した米軍に銃殺されたなど……。

夜になると、不安な気持ちを押さえるために誰言うとなく、蒸し暑い一室に集まりコックリさんの占いをやったという。そんな日々の父は、山なみに視野をさえぎられて姿の見えない日本海へ向かって、家族の安否を思い心を痛めていたそうだ。

晩秋のある夜、ソ連に移送されるかもしれないという噂が流れ、数人の同僚が、ソ連に連行されるよりは脱走を、と密談していた。父も仲間に入れてもらい、仄暗い部屋で素早くお金をズボン下に縫いこむ。乾パンや非常食、それに難民を装うため金属製の朝鮮の食器もバックに詰め、同僚の奥さんや娘さんは坊主頭の男装になり、真夜中に出発を決行。

三十八度線の国境を越えるまで、途中で発見されれば銃殺される。昼間の行動は密告者に発見される危険があり、野宿の逃避行を半月ほど、月明りをたよりに、凍てつく畑や林に沿った道を数時間ずつ歩き続けた。

朝鮮語を話せた父は、かなりの危険をおかしながら、道すがら農家から食糧を買った。秋雨の日など、納屋で仮眠させてもらう交渉をして、同行の人たちに喜ばれたとか。国境越えは特に監視が厳しい。コーリャンを食べながら林の中をさまよい、死を覚悟した。

国境の直前で、万一にも無事に三十八度線を越えた人が、各々の留守家族に通知するため、お互い住所を再確認し合った。その後、二、三人のグループに分かれ突破したそうだ。早暁、全員が無事に南朝鮮の貨物車に乗り込めたとき、言葉なく、握手し合い涙したという。

釜山からの引揚船の中では、衰弱した体にひびく日本海の荒波に悩まされた。が、刻一刻、内地への接近を波音の中に聴いて、生きて故国の土を踏める喜びをかみしめていたという。

父を待っていた群馬の家では、田舎だというのに疎開者の弟妹たちはほとんど飢えすれすれの乏しさの中を、母と身を寄せ合って生きていた。あの時代、農家からお金では食糧を売ってもらえず、母の着物は食糧と交換されていった。また、あまり丈夫でない母が農家の手伝いをし、サツマ芋やモロコシをもらってきたり、子どもたちが山から摘んできた青菜で雑炊を作り、家族四人飢えをしのいでいたのだった。

そのころ女学生の私は十三歳で、川崎空襲が激しく群馬へ疎開。群馬の祖父の家から疎開先の女学校に通学していたが、外地勤務の父の生死が不明だった。それで父が引き揚げてくれば復学できるのではと思いながら、女学校を休学し、寮のある会社で働いていた。ところが、帰国した父は高熱が続き、母も過労で病床に臥していた。父はいつもこう言った。

「辛いだろうが、外地に残された子どもたちより幸せだよ。一生は長いのだから、ダルマのように七転び八起きしよう」と。

その父も十四年後、苦難の日のこと多くを語らず五十四歳で他界した。

海の果てに浮かぶ太陽が落日のときを刻んでいた。海原は紺、緑、黄金色などの絵具を流したように刻々と変化をみせている。私は初めてみた日本海の夕陽に酔いながら、亡き父を想い悲しい気持ちになっていた。そばで、

「わァ、素敵！」

そのころ中学生だった娘は、カメラのシャッターを何回も切っていた。

真紅の海面が、風と波のシンフォニーを奏でている。

ヴァイオリンを習っていた娘が言った。

「お母さん、この波の音、ヴァイオリンで弾けたらいいわ」

「素晴らしいけど、練習不足じゃ無理ね」

「そうだ！　この海の写真、夏休みの宿題にしよう」

「それ、きっといい思い出になるわ」

空をあかね色に染めなした夕陽が海に吸い込まれてゆく。父の面影と重なった、七転び八起きを続けた少女時代の辛い日々の追憶が、いつの間にか落日と一緒に暮色の海に包みこまれていった。

なにごともなかったように、磯の香りをふくんだ風が頬をなぜる。私は、いつの日にか、亡き父のレクイエムに、娘の弾くヴァイオリンでこの夕陽の中の波の音を聴けたらと思った。

魚釣りと塩の買い出し

庭の白樺がみずみずしく芽吹いていた。リビングでひとり、焼きたての新鮮な川魚を前に、私は皮を取り除き、石垣島産の塩をぱらっとふりかけた。そのときふっと脳裏に、川釣り姿の父の面影が浮かび、目の前の川魚が霞んでいった。

父は戦時中、川崎の軍需工場から転勤して、外地の軍需工場に単身赴任していた。その頃私は疎開先の女学校を休学して、家計を支えるため寮のある会社で働いていた。母と小学生以下の弟妹たちは、強制疎開で群馬・奥多野の寒村で、父方の本家のランプと囲炉裏だけの物置小屋のような家に暮らしていた。

そこに衰弱した体で父が引き揚げて来たのは、強い北風に粉雪の舞う厳しい冬の夕暮れだったという。父はその夜から高熱と下痢が続いたが、村の医者は引き揚げ者からのマラリアなどの感染を恐れ、往診せずに薬を処方してくれるだけだった。そんな父のために、少しでも栄養をと、本家や親戚の人が卵や川魚をお見舞いに届けてくれた。母も農家の手伝いでもらう穀類を減らし、代わりに卵を数個もらい、川魚も買い、卵と一緒に父の食膳に添えた。

体が少し回復してから父は、元の川崎の工場に戻ることを希望していたが、工場も空襲の被害を受け、九州の本社勤務の話もあったが退社した。そしていつまでも物置小屋のような家に住むこともできず、父は生家跡に家を新築しようと考えた。敗戦前から、日本への送金は不可能と、貯めたお金をズボン下に縫い込み、外地から持ち帰ってきたお金を新築費用にあてた。

木材は本家の杉林の木を安く売ってもらって製材し、大工の棟梁だった母方の祖父が、娘や孫たちのために「冥土の土産だ」と言って、無償でこつこつ家を建ててくれた。襖《ふすま》や障子なども、祖父の知人から安く購入できた。家の傍には、淡い紫の花が咲く桐の木があった。新築の家の障子窓を開け、桐の花の間から差し込んで来る朝日を家族皆でゆっくり浴び、夜は数年ぶりに電灯の下での食事や、宿題ができてみんな大喜びしたそうである。

帰国後の生活費にと大切に持ち帰ってきた蓄えは、家を建ててなくなった。仕事と言えば、達筆な父だったので、手紙や書類などの代筆を頼まれて書いたこともあった。村で職探しをしたが、炭俵や材木の運び出しの重労働しかなかった。

そこで父は、家族がまだ寝静まっている早朝、家の近くの神流川《かんな》で、釣りを始めたのだった。それは体を鍛えるためとか、趣味の釣りとか、家族で食べるための釣りではない。海のない群馬では、昔は祝儀や不祝儀の膳にお頭つきの魚が手に入りにくかった。神流川の清流で釣れる山女魚《やまめ》、鮎《あゆ》などが食べられ、殊に祝い膳には、うぐい（雑魚）が、産卵期に腹の部分が赤くなるので、縁起物として鯛の代わりに出された。父が釣った魚を、母が婚礼や法事のある家に持参し、麦粉や蕎麦粉などと交換していたのだ。

何も知らない弟妹たちは、魚が食べられると「父ちゃんが魚を釣って来てくれたァ」と喜んでいたという。釣った魚は囲炉裏の上で、わらに串刺し、いつの間にか無くなっていく。それを眺める子どもたちの残念そうな顔。ふだんは麦の滓《かす》のふすまや、さつまいもの葉も入れたすいとんで、弟妹たちはいつも空腹に耐えていた。たまに魚と交換できた麦粉で、久しぶりに美味なすいとんや、うどんが食べられたとき、形の崩れた魚が食事に出されたときは大喜びしたという。そんな子どもたちの姿を目にした父は、早朝、薄暗い川面を渡る冷たい川風に吹かれ、釣り糸を垂らしながら何を思っていたことだろう。

戦中戦後の生活は、戦前とは一変してしまった。戦前、東京・中野にいたころの父は、郵便局に勤め、休日は弓道場で弓を引いていた人だった。母は大工の棟梁だった祖父に、住居の隣に仕事場を作ってもらい、そこで女性数人を雇って、帽子に付ける美しい造花の芯を造る作業場を営んでいた。子どもの世話はお手伝いさんを頼んでいた。子どもたちはお手伝いさんと夜店に一緒に行き、金魚掬いや綿飴を買ってもらい、休日には母と新宿三越で買い物をし、レストランでお子様ランチを食べたことなどを父に楽しそうに報告する。そんな戦前の何気ない日常が、ふと父の脳裏を過ることもあったのではないだろうか。

ところで戦後暫くは、村では塩も不足していた。母の姉の婚家福島県小高は海辺に近く、平地で田んぼも多く、浜辺では天然の塩が採れた。そこで父は塩を買い、農家で小豆などとの交換を考えた。当時はまだ一般の旅行者は、特段の理由がないと汽車の切符が買えない時代。そうした中、たまたまその頃私は、父は帰国できたが女学校に復学できず会社を辞め、福島へ病身の伯母の家事手伝いに行っていた。それで福島から群馬の家に、「伯母の病重し直ぐ来られたし」と電報を打つ。すると父は群馬から、乗り合いバスを三回乗り継ぎ、本庄駅から高崎線で上野へ出て、常磐線への乗り継ぎの切符を買い、夜行列車で小高に来た。そして小高の浜で塩を一斗缶で買い、リュックサックに詰め、その日に群馬に帰るという強行軍で、一か月に二、三回そうしていた。列車内は、東京などからの闇米買い出しの人で超満員。父は買った塩の盗難が心配で席を離れられなかったという。苦労して持ち帰った塩は、村の農家で自家用味噌、梅干し漬物などに喜んで使用され、小豆などと交換し、またそれを売った。

庭の桐の傍の小さな畑には味噌汁の具にする、なすなど植えていた。折々、伯母が妹家族にと、白米を一、二キロ父に託してくれた。早速、母は麦に白米を混ぜたご飯を炊き、売物にならない魚で食卓を囲んだ時は、お正月のようだと子どもたちも大喜びしたそうだ。

こうした生活を余儀なくされていたとき、村に引き揚げ者援護事業として製紙工場ができて、父はそこに勤め、魚釣りと塩の買い出しの生活にピリオドを打つことになった。そうした生活は三年ほど続き、その間、休みの日には父は将棋の好きな友人と将棋を指していた。帰国後唯一ホッとした時間だっただろうか。だがその頃、過酷な疎開生活で母の持病が悪化した。近くに病院が無く東京の病院へ行くため、祖父が建ててくれ数年住んだ新築の我が家は、炭焼き夫婦に貸して一家で上京した。

翌年T大学病院で他界した母。私はもうその倍近くも命を長らえている。私はいま新鮮な川魚を目の前にして、父母のことが思われてならない。敗戦後の引き揚げで生死を彷徨した日々。体調が戻らないのに、家族のため冷たい川で魚釣りした父。好物の魚を口にせず、子どもたちのため魚を食料と交換した母の姿が浮かび心痛む。戦争を憎み悔恨の情に包まれているうちに、美味な塩を振りかけた川魚は、冷たくなっていた。

箱根の芒《すすき》

一九八六年の正月、濃紺の壺に例年とちがう花を床の間に活けた。赤い実の野荊棘《のいばら》の枝の間に、数本の末枯れの芒を高く、中間に菜の花や水仙をさし、根締めに若松。その薄茶色の穂芒は、線状にのびて尖っている。

「あら、どうしてお正月に枯れたススキも活けたの?」

床の間に目をやった娘が、訝しげに言った。

ほんと、野の初春を想像しての生け花なら、芒はいらない。なのに私は、去年の暮れに箱根仙石原から採ってきた、芒も仲間入りさせてしまった。

「菜の花や水仙が咲くといいと思うけど、ちょっと淋しかったかしら」と私。

「いや、なかなかいい。静かな山の春のようで」

と、部屋をのぞいた夫が言った。

でも考えてみると、実は亡き母の思い出深い箱根の芒を取り入れたのは、作品としては失敗作のようだった。私は床の間を眺めながら、年の瀬の登山を思い出していた。

師走の一日、妹といっしょに箱根の丸岳に登った。山頂からは箱根の外輪山などが一望に見渡せ、遠くには伊豆の山並みや、相模湾が霞のなかに広がり、また、はるか下には芦の湖が、冬の陽をあび、燻銀《いぶし》色の小さな沼のように横たわっていた。昔、母とドライブをした仙石原の芒は、薄茶色のじゅうたんのように見える。その茫洋とした風景のなかに、私は母の面影を追い続け、妹もなぜか黙ったまま芦の湖を眺めていた。

その母と私たち兄弟が、最初で最後の旅らしいことをしたのは、一九五三年（昭和二十八年）の春の盛りであった。肝臓を患い長い間入院していた母が退院し、家中がホッと和んだ日々を過ごしていた。そんなある日曜日、父は仕事で行かれなかったが、兄の発案で箱根にドライブすることになった。叔父の家の車を借り、家族七人といとこを誘い、車二台に分乗して出発した。

車は戦時中住んでいた川崎を通り熱海へ。そこで、お宮の松や海を眺め、春の陽ざしを集めた桜の天蓋の下を走り仙石原に出た。

あの日の母は、着物の大半を戦時中に食糧と交換してしまい、四十六歳というには地味すぎる着物を着ていて、そのうえに病後のことで、五十代半ばのように見えた。娘時代の母の袴姿の写真には、そんな未来が訪れることは想像できない。音楽が好きだった母は、躾《しつけ》の厳しい母親に内緒で、マンドリンを少し習ったことがあるらしかった。

戦前、私が小学校に上がったころ、母が低い声で歌っていた姿がなつかしい。戦後の苦しい生活の中での病気、それが回復してよほど嬉しかったのだろう。車窓に舞う花吹雪を眺めながら〈荒城の月〉など、低い声でハミングしていたり、当時六歳だった末の妹と、〈春の小川〉なども歌っていた。

私たちは仙石原で大休止した。どこまでも続く芒の原。皆思い思いに芒の浅緑のジュータンに寝ころんで、おしゃべりをしていた。

「芦の湖でボートに乗ったとき、しぶきがかかって冷たかった」高校生の妹。

「熱海や、桜のトンネル、きれいだったなァ」疎開先の山深い村で育った中学生の弟。

私も流れていく雲を眺めながら、大学に復学できる喜びを思っていた。と、痩せた手でやわらかな芒の若葉をなぜていた母が、私に、

「お父さんが外地から帰ってこられないとき、よく炭俵を編んで、ふすまと交換したね。あの時、粉雪の日もたかおとまに芒刈りに行かせてしまったね」

しみじみと言った。

母のひざ近くにいた末の妹が、

「アタイ、海が大きくてびっくりしちゃった」

と、生まれて初めて見た海への驚きを、母に寄り添いながら言った。

「きょうは、皆で来て本当によかった。海の色きれいだったし、また海に行こうね」

そう返事した母だったのに、あじさいの花の咲く頃、また体の不調をうったえ、その年の秋、ついにT大学病院で亡くなった。

当時、まだ高校生だった妹が、

「あれから、三〇年も経ってしまったのねェ。今日は誘ってもらってよかったわ」

と、隣でポツリと言った。

帰りは落葉の積もった長尾峠を通って仙石原へ下山した。冬の午後の陽を浴び、母とドライブした道を、思い出話をしながら歩いた。土にかえる前の末枯れの芒にも、冬の陽は静かに降りそそいでいた。私はそんな芒と、そばの赤い実の野荊棘もいっしょに、数本切らせてもらってきたのだった。

部屋を出て行った娘が、いつの間にかヴァイオリンの弾き初めを始めたらしかった。べートーヴェンの曲〈ロマンス〉が、娘の部屋から流れてきた。母がそばにいたら、自分の娘時代を思い出しながら、孫娘の弦の響きにじっと耳を傾けてくれたのだろうに……。

　私は失敗作の末枯れの芒の前で、そんな母を想い、娘の弾くロマンスの曲に心をゆだねていた。

提灯とナデシコ

群馬の郷里の家の障子に、たえまない神流川《かんな》の清流のひびき。一方、紫の袈裟《けさ》を召したお坊さんの心に染み入る読経の声。それが高く低く室内に聞こえ、母の一周忌の法事は無事に終わった。母の他界は、私が大学に通い始めた翌年、入退院をくり返した後だった。その日の夕暮れ、私は三キロほど離れた徳昌寺にひとりでお礼に伺った。一九五四年（昭和二十九年）の初秋のことである。

村には平地がない。ただ白っぽく光る神流川にそって、杉皮ぶきの屋根に石をのせた家々が点在していて、桑畑やコンニャクの段々畑がつづいているだけである。私は流れの速い川にかけられた木造りのつり橋を渡り、秩父峠に通じる山道に出た。寺はすぐ前面の小高い山の中腹にある。

当時四十代半ばのお坊さんは、かなり年上の尼さんと二人で住んでいらした。私はすぐお暇するつもりだったが、せっかく東京からいらしたのだからと、尼さんに引き止められ、手作りの精進料理をご馳走になった。帰りの挨拶をすませて、寺の表に立ったときは、もう日はとっぷりと暮れていた。

私が闇の中へ歩き始めようとしたとき、背後から、

「ちょっと待ってみて、真っ暗だからわたしが送って行こう。いま提灯に灯をつけて」

お坊さんの声がした。

振り返ると昼間の袈裟姿とは打って変わり、つぎの当たった甚平にもんぺ、腰に手拭を下げ、手に小さな提灯を持って立っていらした。その姿は農家の小父さんという感じであった。

山道を下りながら、

「わたしは生ぐさ坊主だから、尼さんに内緒で釣りをして見つかり、『仏様にお仕えする人が殺生してはいけない』と叱られるんです」

など、私の悲しい心をそらすような話題を選んで下さっていたが、やはり、

「いずれ、生きているものはみんな、この世に別れを告げなければならない。けれど、わたしと同じ年代のお母さんは、ちょっと早かったですよね」

と、言われた。

私は黙黙と真っ暗闇の道をお坊さんについて歩いていた。秋草が山道におおいかぶさり、風が吹くたび、葉ずれの音が聞こえるだけの深い闇。あのときの私は、大学を中退し妹や弟たち

の世話や家事一切をしていたので、胸中は夜の真っ暗闇と同じ深さだった。

一歩前を歩いていらしたお坊さんが、ふいに、

「あッ、ここに大きな岩が出ている。気をつけて下さいよ！」

提灯を足元に近づけてくれながら言われた。切り張りしてある白無地の小さな提灯の中で、ローソクの灯がかすかに揺れ、あたりをぼーっと仄明るくさせる。岩のそばに淡紅色のナデシコや秋草が浮かび上がって見えた。

お坊さんが、

「この花、悲しくても嬉しくても、なんにも言わずに咲いている」

「えッ」

「わたしも若いとき、いろいろあってね。今の道に入ったが、やはり修行が足りないのか、ナデシコにはかないません」

と、眼鏡ごしにじっと花を見詰めていらした。

私も黙って見入った。先端が糸状に裂けた清純なナデシコの花びらは、か細い茎の上で秋風に自在になびいている。秩父峠のひっそりとした山道で、自分では美しいと思わず、闇の中で無心に咲いているナデシコ。いつの間にか悲しい心が安らいでいくような気がした。

背後の雑木林でも風が吹き抜けてゆくらしい。黒ぐろとした樹々の葉が、青っぽい匂いといっしょに、ザワザワっという音をたてて通りすぎてゆく。

しばらくして、人家の明かりが近くに見えるつり橋のところに来たとき、私が、

「もう、ここで結構です。広い道になりますし……」

「真っ暗なつり橋はこわいですよ。渡り切ったところまで送りましょう」

一足ごとに橋はゆれた。提灯を持つお坊さんの手もゆれている。岩に砕けるゴー、ゴーと激した川音が、つり橋の下から這い上がってくる。ようやくつり橋を渡り終えると、

「じゃ、ここで。一生にはいろいろなことあるもんですよ。まあ、元気を出して」

と、お坊さんは言われた。

私は心からお礼をのべて別れた。坂道を登り車道に出て後ろを振り返ると、つり橋の中ほどに小さな提灯の灯が、まだポツンとあった。

お坊さんの手紙と書見台

お坊さんの手紙

五月晴れの昼下がり。体調が少し良いので、古い手紙の整理をした。大事にしまっていた書簡の一つに、一九五九年一月、群馬の徳昌寺のお坊さんから頂いたユニークな一通の手紙があった。そのお坊さんに初めてお目にかかったのは、敗戦後九年経った一九五四年、郷里、群馬で母の一周忌の法事をした際、読経を上げて頂いた日のことである。

その翌年から私は、月一回、お茶の水のロマン・ロラン研究会に出席していたのだが、そこで、都会育ちで田舎を知らないという女性と知り合った。あるとき、私が峠の中腹にあるこのお寺のことを話すと、彼女は寺を訪ね、その僧侶の方にお目にかかりたい、と言う。早速私は、翌年のお坊さんへのお賀状にそのことを書き添えた。

するとお坊さんから、コクヨの原稿用紙に、卒塔婆《そとうば》を書く書体で返信を頂いた。今から六十年以上も前のこと。返信の最後に、

「群馬縣奥多野郡　文化に取り残された
中里村大字魚尾秩父峠中服下小越
　　貧乏寺徳昌寺　　……
一九五九年一月小正月終日
文化交流地域　　川崎市……
心友　親友ターッちゃん……辰　様」
お坊さんが書かれるように、私の郷里は、過疎の山奥の寒村である。当時村では結婚前の人は、皆〈○○ちゃん〉、結婚後の男の人は〈○○さん〉と名前で呼び合うような頃、手紙では、○○様とある。私の名前と言えば、〝辰〟〝タツ〟は、男女に使用され、父は手紙では、漢字の〝多津〟と書いてきていた。お坊さんは、親しみを込め〈ターッちゃん〉、漢字で改めて〝辰〟と書いている。このような手紙は、生涯これ一通だけである。
お坊さんはロラン研究会のことを書いた手紙を読み、寺に来たいという人を〈ロラン〉と、外国人だと咄嗟《とっさ》に思ったらしい。
それで返信に、
「……さて主要の件、フラン（ロラン研究会のこと）の方を此の山中のしかも貧しい寺迄来て野宿して見たいとの事、変わった方もある事を心から嬉しく、……。御出での節は案内役として、ターツちゃんも来る事でせう。……来たら心ゆくまで泊まって頂き、計画を樹立して叶山《かのうざん》へも案内致しませう」

とも書かれていた。そして、

「所でターツちゃんに相談があるので其の一ッとして外人との話術……。外人の方の話す事等私として英語が不得手通釋は貴君に一切一任したい……」

とあり、食事のことや、季節は五月の新緑の頃が良いと、綿々と書き綴られていた。

父は便箋でなく原稿用紙に書かれた手紙を見て、「若い頃、地方紙の記者をした後、仏門に入ったので、中里村を〝文化に取り残された〟と書いたのだろう」と言った。そう言えば、手紙の書き出しも、茶色に変色したコクヨ原稿用紙の欄外に、「思う儘に綴った手紙」と書き、原稿用紙の一行目は「昭和三十四年の厳寒がやって来ました」で始まっている。父はすぐ徳昌寺に「外国人でなく、日本人のフランス文学研究者だと、訂正のハガキを出した方が良いよ」と言った。懐かしい思い出深い手紙である。

そのとき早速彼女を誘い、母の墓参りかたがたお坊さんを訪ねる予定を立てた。ところが、新緑の頃から父の胃癌の転移が分かり、徳昌寺訪問はキャンセルして入院に付き添った。亡き母の六年後の晩秋、父も他界し、納骨式に読経をお願いした。お礼に徳昌寺に伺ったとき、再会したお坊さんが、よもやま話の後、「心ほど不可解なものはない」と言われた。

ところで末期癌の父は、病室で亡くなる前夜、ひとりで父の看病している私に、「長女のお前が、戦争で女学校を休学。お母さんの死で弟妹の世話のため、折角入学できた大学を中退しなければならず、家の犠牲にさせてしまった。これからは好きなことを……」と言い、翌早朝息を引き取った。

年上のものが、弟妹の世話をすることは当然のことであるが、父は本好きな私がいつも家族の犠牲になっているのに、心を痛めてくれていたのが分かった。父は、私の再出発を見守ってくれるのではないか。二度とない人生、これからは茨の人生になるが、自分の人生を生きていきたいと考え、再受験して、大学院修士修了まで八年の歳月が流れた。何年もの間、お坊さんにはお賀状だけでご無沙汰をしていたが、やっとこれからお会いして、過ぎ来し日々のことをご報告しようと考えていた。そして「生死」についてや、「心ほど不可解なものはない」と言われた言葉について、お坊さんのお考えをお訊ねしたく思い、その年のお賀状を認めた。

しかしその矢先、一九七二年十二月、お坊さんの悲報を受け取った。せめて、「入院中お見舞いしたかったのに……」と思った。父の他界後、郷里とは交流がなく、私がお坊さんとの交流があったことを誰も知らない。もはや二度とお坊さんにお会いすることも、懐かしい声で「ターッちゃん、フランス人のロランはどんな作家」と訊かれることもない。私は暫くして我に返り、お坊さんが黄泉の客になられたことを実感させられ、ひとり涙した。お坊さんとの思い出話として「提灯とナデシコ」を、父の三十三回忌に、両親へのレクイエムに上梓した『夾竹桃』の中で書いた。そしてその二年後の一九九四年、両親とお坊さんのお墓参りに帰郷した。

徳昌寺に向かうつり橋の所に行くと、昔、お坊さんが提灯をさげて送って下さったつり橋は通行禁止となり、傍に車が通れる立派な橋が造られて、山道も車道に変わっていて驚く。「秩父峠中腹、貧乏寺徳昌寺」とお坊さんが手紙に書かれた寺は、尼さんも他界され、無住になって久しい。山門も無く、小さな仏像を祀っている本堂のトタン屋根の先に続く、石を載せた栗板葺屋根の先端が朽ちかけていた。寺の入口の戸をソーッと開け、懐かしい囲炉裏を見ると、雨漏りがするらしくそこは新聞紙で覆われていた。ただ、主のいない寺の前庭で、白い大輪の牡丹が二輪静かに咲き、無住の寺を守ってくれていてホッとした。

お坊さんのお墓のお掃除やお花をお供えしようと、近くで畑仕事をしていた白髪で腰が曲ったおじいさんに、お水をもらった。両親のお墓と同様に、東京の自宅の庭から持参したパリのマロニエ、美女柳の花、途中で買い求めた仏花などをお墓にお供えした。竹藪越しに吹いてくるサラサラという風の音を聞きながら、お線香をあげ暫くそこに佇んだ。

お坊さんが他界され二十二年経ってしまったこと、入院を知らずお見舞いにも行かないで申し訳なかったことをお詫びし、在りし日のお坊さんと無言の語らいをして、ぼんやり過ごした。そしてゆっくり寺の周りを歩いた。誰かがお墓の傍まで生い茂った竹を切り、傍に青竹が数本転がっていた。お別れする時、その一本を形見に頂いた。

そのとき、「どこから来《き》なすったかい《たのですか》」と、先刻のおじいさんに声をかけられた。私が「東京からですが、父はこの村出身で、本家は……」と言うと、「ああそうかい《そうですか》、するとあんたは引き揚げ者、覚雄さんの娘さんかい《ですか》。隠居の鍋次郎翁は、村会議員をやった。漢字に造詣が深く、ここの和尚が尊敬していた老翁だったが」と、すぐ父や父の伯父の名を言いながら話しをした。ついで「わしはあの戦争で九死に一生を得たが、同年代の覚雄さんは戦後外地から引き揚げ、早死《はやじ》にしてしまったのう《ね》」と一言。引き揚げ後、当時の父の苦労話を教えてくれた。村中の人が名前で通じる村のこと、親戚の人に出会ったようで嬉しかった。

おじいさんは徳昌寺の檀家《だんか》とのこと、かつて地方紙記者だった二十五歳くらいのお坊さんと、三十代半ばの年上の尼さんが新潟方面からこの無住の寺に入ったことなども話してくれた。尼さんは、幼少から仏門に入り、仏門一筋で、村の若い人に生け花なども教えていた。お坊さんは、隠居の鎗次郎翁に漢字の由来など教示を乞い、また裏山から貝殻の出る村のこと、考古学も研究していたという。

話を聞いた私は、おじいさんに『夾竹桃』をお礼にお渡しした。すると、「覚雄さんの娘さんが、こうた《このような》立派な本を、ここに徳昌寺のことまで」と驚いた。私はお坊さんや父のご供養になったと思い嬉しかった。おじいさんは、すぐに腰に下げていた手拭に、皺の多い掌で本を包みながら「ありがとがんす《ございます》。帰り《東京へのかえり》、気いつけて《きをつけて》」と言って、曲がった腰で深々と礼を言われた。私も「おじいさん、お体にお気をつけて下さい」と言い、新緑に包まれた秩父峠中腹の無住の寺にもお別れをした。

書見台

徳昌寺からお坊さんの形見に頂いてきた直径四センチ、長さ二十五センチほどの青竹を、高さが丁度良いので、私は書見台にしていた。仕事と家事に追われている日々、早朝だけ、二階の床の間の部屋の窓も開けず、テーブルの前に座り、ささやかなライフワークをまとめるため、文献調べをしていた。目が疲れたとき、書見台代わりにしていた青竹の中に、〈群馬・徳

昌寺　お坊さんの墓参の折〉と記した自分の下手な字を眺めながらあの日を思い、また読書に没頭した。

八十代後半で変形性股関節症の痛みで二階に上がれず、書見台は一階居間のテーブルのパソコンの後ろに置いている。歳を重ね網膜剝離を手術した目も不自由になり、読書はあまりできないが、原稿に悩んだ時お茶を飲みながら、それを眺めているだけでどこかホッとする。

そんな時どこからともなく、「ターツちゃん、「提灯とナデシコ」書いてくれてありがとう。あのときのターツちゃんの絶望を救ってくれたのは、貧乏寺の私でなく、黙って道に咲いていたナデシコの花だよ。それを教えてあげられて良かった」とお坊さんの声が。「心ほど不可解なものはない」という、その言葉の意味をもうお訊きできず残念に思う。墓参から四半世紀経ち、青竹は薄茶に変わり、その歳月の重さを考える。

「ミロのヴィーナス」の素描

年末の大掃除は、まもなく卒寿を迎える病身の私に代わって、娘が私の部屋の窓ガラスや本棚、飾っていた額の埃も払い、新年を迎える準備をしてくれた。

額の絵は、六十六年前に私が茶のコンテで描いた、縦五十五センチ横四十五センチの「ミロのヴィーナス」の胸像の素描である。その当時、大学在学中に母が他界し、長女の私はいずれ復学したいと思いながら大学を中退し、家事や弟妹の世話をしていた。そんな生活に追われながらも、週に一度、夜間の絵画教室に通い、母亡き悲しみや、家事をひととき忘れて描いた、思い出深い絵だった。

そんな絵を捨てられず、四半世紀の間ずっと押し入れの隅にしまっていた。後年家を新築した際、自分の小さな部屋の壁にその絵を掛けた。そばには新築祝で頂いた焦茶の水差し型の花瓶を置き、そこに季節の花を活けている。

いま、きれいに埃を払われた〝ミロ〟のデッサンの傍に、新しい年を祝い、深紅の薔薇と白のフリージアを活けた。花は甘い香りを漂わせてミロのヴィーナスをやさしく包んでくれている。

背もたれ椅子に病身を沈め、久しぶりにしみじみと絵を眺めた。すると、若い日に描いた素描の、なんと下手な絵であるかと、手を加えたいところが目につく。けれど、絵画教室でO先生の「首のところをもう少し強い線で……」、「髪の線が柔らかに描けていますね」とのご指導も思い出され、悲しい青春時代にいっときの安らぎを与えてくれた習作がいとおしい。この素描の向こうに、過去の時間が甦ってくる。

長年フランスで生活され、帰国後はボーイスカウトの幹事役もされた先生は、教室の授業では、石膏の胸像を観ながらコンテでのデッサンを教えて下さったが、屋外の授業では、横浜の外人墓地や中津川スケッチハイキングに行き、風景描写を教えて頂いた。構図の選び方や線の引き方など実技で親切にご指導下さった。

クリスマス会などには生徒をご自宅に招いて下さり、パリ時代の思い出話に花が咲き、遠い西洋が身近に感じられた。そして、「いつか皆でルーブル美術館を訪ねたいですね」とおっしゃった。クリスマス会は、教室でデッサンに苦心していたことを忘れさせられ、楽しい時間だった。

後年、還暦過ぎて私は自分のロラン研究でパリに一週間滞在中、ルーブル美術館を訪ねた。

入場待ちで並んでいた時に、「ミロのヴィーナス」の部屋を館員に訊いて、最初にその像の前に立った日のことは、忘れがたい。

広い部屋の中央にミロのヴィーナスの彫刻だけが置かれていた。時空を超え見る者をたちまち捉える、優美な輝きを放っている。ミロのヴィーナスは、パロス産大理石の女神像のことで、一八二〇年ミロス島の古代劇場遺跡近くで発見されたという。想像していたよりずっと大きく、静謐な表情で、腰から下の衣服の優雅な曲線にも魅せられた。背の低い私は、ヨーロッパの人々に囲まれながら上を見上げたまま、足を進ませた。

数十年思い続け、やっと出会えたヴィーナスなのでその部屋を去りがたく、暫く隅で佇んだ。かつて絵画教室でO先生が「いつかみんなでルーブル美術館を……」と話されたことや、教室で、仲間たちと胸像を素描しながら、「いつかフランスのパリで実物を見ることができたら、どんなに素晴らしいことだろう」と話し合ったことなど、先生や仲間の姿を懐かしく思った。

今、埃を払われた青春時代の「ミロのヴィーナス」の素描を改めて見ていると、こうした思い出が走馬灯のように脳裏に去来し、過ぎ来し方堆積していた私の心の澱を静めてくれる。

湯治と美術館

湯治宿

七十代半ばになって手指がリウマチになり、十年ほど湯治をした。病院に通院の傍ら、最初の数年は奥秩父の湯治宿へ通い、そこが廃業してしまい、信州の鹿教湯温泉へも行った。傘寿に難病のパーキンソン病を発症してからは、効能を期待し、泥の露天風呂がある大分の別府温泉へ湯治に行った。しかし翌年、大分地震があり、青森と秋田県境の一軒宿玉川温泉へ。自炊棟の裏手が山、散歩道はクマが出没すると通行禁止になる山深いこの湯治場にも三年通った。そこは全国各地から湯治客が集まり、そこで知り合った人が山口の俵山温泉を教えてくれた。

山口と言えば、以前東京駅のギャラリーで「香月泰男〈私のシベリア〉展」を観て、いつか山口の香月泰男美術館を訪ねたいと思っていたところ。「俵山温泉へ湯治の折、美術館に行けたら嬉しい」と話し、娘の夏の休暇に山口への旅が実現した。数え歳で米寿前年の夏（二〇一八年）のことである。

俵山温泉は、秋田の温泉で知り合った人が教えてくれたように、横綱級の良質な源泉なのだが、源泉の湧出量が少なく各宿に内湯はない。湯治や観光客は町の共同浴湯へ入りに行く、外湯文化が根付く古くからの湯治場である。町には、他に露天風呂のある白猿の湯もあり、湯治中に行った。温泉街には、既に廃業していた宿だが、昔ながらの三階建て日本家屋で、立派な屋根に手摺、大きな庭石のある趣ある建物もあり、裏通りには廃屋の庭にイガグリがたわわに実っていた。芒が生え蛍の生息地もある静かな湯治場で、土曜、日曜は観光客で賑わう。

共同浴湯近くの亀屋旅館に十日間宿泊し、雨の日でも一日三回共同浴場に通った。旅館も土曜、日曜はお客さんで賑わうが、当時ウィークデーは東京からの私たちだけで静かだった。拙著『みずひきの咲く庭』をお礼にお渡しすると、東京出身の女将に「東京が懐かしい」と喜ばれた。ある昼下がり二階の休憩スペースに、女将がケーキと珈琲を持参して下さり、少しおしゃべりをした。拙著の「バッハの曲の中に」の箇所で、娘が昔ヴァイオリンを習っていたのを知った女将は、自分も音楽が好きで学生時代ヴァイオリンを習っていたと話した。廊下の窓から、晴れた日、一位ヶ岳《いちいがだけ》に沈む美しい夕陽を見るのも楽しみにしていた。女将は私が温泉から戻りテレビも見ず、本を読でいることを知り、庭の赤いブーゲンビリアと白いクチナシをテーブルの花瓶に活けてくれた。

そこの当主が作る食事は、とてもおいしかった。朝食から新鮮な海老、焼き魚が出され、夕食には彩り美しい刺身の盛り合わせ、かに、アワビ、金目鯛の煮物、お吸い物にも魚、果物。最後の夜はふぐ料理に舌鼓を打った。どれも見た目にも美しく、贅沢な食事だった。魚が好物だった亡き母が食べたらどんなに喜んだことだろう。敗戦後間もなく食料難の時代に他界した母。鰯の頭を焼いて大事そうに食べていた母を想い、食膳に上る数種類の美味な魚料理を見て、涙ぐんだ。

ところであるとき温泉の帰り、旅館ロビーの柱にかかる、珍しい萩焼の陶板画《秋桜》が何気なく目に留まり、絵が好きな私は足を止めて眺めた。居合わせた女将に、「この絵、どなたの作品ですか」と尋ねた。すると驚いたことに、「香月泰男先生の絵です」と言う。

そこへ宿の十六代目当主が来て、山口県立高校時代、美術を香月先生に習ったと言う。「香月先生は、無口で教えない。生徒は美術室の壁一面に並べてある石膏をデッサンし、手、指などを描く。先生は、生徒の絵の評価をＡＢＣで付けるが、Ａは付けない」と話してくれた。当主は先生からＢをもらえたという。私は、思いもかけず当主から香月泰男の教師ぶりを聞けて、滞在中は作品《秋桜》を観ることができ、香月泰男美術館に行くこともできて、幸せな湯治の時間だった。

香月泰男美術館

俵山温泉からバスを乗り継いで長門市三隅の香月泰男美術館に行った。ちょうど美術館では「私のシベリア展」が開催されていた。その入場券の絵は印象的だった。草花や昆虫も豊かに、紫菫《むらさきすみれ》、秋桜、彼岸花、菜の花、朝顔、ミモザ、蜻蛉《とんぼ》、蝶々、蛙などや旅先で見たヨーロッパの街並みも描かれている。この絵は、画家が自宅の居間と台所の壁に三年がかりで描いたものだそうである。お花の好きな私は秋桜、彼岸花に見とれてしまった。

館内入口のコーナーで香月泰男（一九一一〜一九七四）のスライドを観た後、「私のシベリア展」を観る前に、展望室から香月泰男の生誕の家や三隅町や久原山を、様々な感慨に耽《ふけ》りながらしみじみと眺めた。敗戦後の過酷なシベリア抑留生活から復員後の美術教師時代、教師の傍ら愛する故郷の自然を描いた画家。ヨーロッパ旅行ではフランス、スイス、イタリアの街並みに、特にフランスパリ・ノートルダム大聖堂、モンマルトルなども描いている。

館内廊下には、香月手作りの遊び心いっぱいなおもちゃの展示コーナーもあり目をひく。家の廃材を利用して作られた、手のひらサイズの飾り物で、ブランコに乗っている子、鉄棒にぶら下がっている子、丸いボールの上で踊っている子ほか、ゾウなどの動物に、我が子を愛する画家の心が伝わり、楽しく観て回った。

そして、「私のシベリア展」。香月は敗戦後シベリアで捕虜として一年七か月抑留生活を送った。その収容所の模型が会場中ほどに再現され、兵舎が並び、極寒の地での重労働と栄養失調による大勢の兵士の死に涙する。収容所に、貨車で輸送される兵士をイメージした作品も印象に残る。車輪をつけた長方形の箱にぎっしりと石ころを詰め、その一つ一つの石に悲壮感漂う一人ひとりの顔を描いている。それを観ていた時、ふと会社から北朝鮮に派遣されていた父が、敗戦後シベリア送りにされる数日前、同僚数人と脱走し、発見されれば銃殺を覚悟で、三十八度線を、極寒の夜中に越えて帰国したことがだぶって思えた。

香月が過酷な抑留時代の記憶を頼りに描いた作品、抑留生活や帰還の様子を描いたものなども四十七枚あり、その一部が展示されていた。その一つ《業火》は、香月が中国の奉天からソ連軍によって北上する列車に乗せられ、そのとき列車の窓から見た、兵舎から上がる物凄い炎。《火薬庫でもあるのか……、あたかも悪業の終末を告げる業火の如く見えた》という。また香月は、《傷病兵が建物ごと焼かれ、殺される場面を見たという伝聞がある。これはおそらく現地民の日本軍への報復であろう》などと記している。黒の画面を赤で塗り重ね潰している。赤紙〈召集令状〉一枚で戦場に駆り出され、傷病兵となって、焼き殺された運命。ほかに

《金網の中の自画像》なども見た。私は心痛み涙を拭うのを忘れ、絵の前に立ち尽くした。

今回、《一九四五》（山口県立美術館所蔵）は展示されておらず残念だった。その作品について香月は自らの解説で、《……列車が奉天を出て、北上をはじめてまもなく、線路のわきに放り出された屍体を見た。満人たちの私刑で殺された日本人に違いない。衣服をはぎとられ、生皮をはがれたのか、異様な褐色の肌に、人間の筋肉を示す赤い筋が全身に走って、……。帰国後、写真で見た広島の原爆の、真黒こげの屍体と、満州で貨車から瞬間見た赤茶色の屍体。二つの屍体が、一九四五年を語り尽していると思う》と戦争の実体を鋭く浮き彫りにしている。

香月と対談したジャーナリスト・評論家立花隆も長崎大学で講演をした際、「赤い屍体と黒い屍体について述べ、戦争の本質を考えるように学生に伝えている」と述べている。

自然や草花を愛した画家が、どうしても残しておきたいと描いた作品。戦争の本質、人間本能の残忍さを浮き彫りにしていて考えさせられる。ほかに香月自身が戦地から家族に送った軍事郵便、防寒外套、千人針なども展示され、当時の空気をいまに伝えていた。戦時中私自身は、疎開途中の上野駅近くで米軍機の機銃掃射を受け、防空頭巾の上数センチ逸れ助かった。敗戦の年の空襲や原爆死を考え、疲れ果てて入口に戻った。

ひと息入れて、紹介されていた「西日本新聞」（一九七一年十月四日付夕刊）掲載の香月の

「秋の赤」の詩に足をとめた。秋の赤の色の美しさを並べる中に、私の大好きな《水引草の赤》が中ほどに入っていた。純粋な自然の美しさと、《業火》の〈赤〉となんと違うことか。ミズヒキの絵ハガキを眺め、私はその静かな赤に心静まった。〈秋桜〉が描かれたカードなどと、香月の記した「一瞬一生」の栞を十枚ほど買い求めた。

中庭に出ると、中央に画家がかつてのソビエトから持ち帰った豆の木の子孫が育ち、戦争など何もなかったかのように、緑の葉を青々と繁らせ、静かに風になびいていた。

日本ではいま、平和に馴れ戦争は別世界のようだ。だが戦争体験は私の胸底には消すことのできない埋火になっている。これまでの生涯、平和を愛した作家ロマン・ロランの反戦論文、『戦いを超えて』の泉を飲んできた私は、過酷な抑留生活を体験した画家の絵や言葉に触発され、改めて戦争や人間存在について考えさせられた。香月の残された画室から、その生きた時代、そして画家の姿を感じながらその場を後にした。

山陰の旅

普通列車の旅

古希を過ぎてから、のんびり青春一八切符で、山陰を一人旅したい。こんな夢があったが、かなわなかった。還暦前は、仕事と家事に追われ、月一度楽しみにした山旅はいつも急行、特急での強行軍の連続だった。

青春一八切符の思い出は一度だけである。百名山を踏破した山友が、親切にも乗り換え時刻を調べてくれ、青森から東京まで青春一八切符で旅をしたことがあった。そのときは往きは飛行機で、北海道大雪山縦走後、帰りは青函連絡船で青森へ。そこで船泊し、青森駅朝六時七分発の列車に青春一八切符一枚を見せて乗車、赤羽駅に夜二十三時三十七分着。途中乗り換え、急行待ち合せは合計四時間ほど。乗車時間は約十三時間であった。時間に余裕がなければできない。

青森駅からの同乗者は、北海道の教員試験の帰りという、二人連れの東京の学生だった。のんびりと車窓を眺めたり、車内の東北弁を聞いて過ごした。八戸駅の長い待ち合せ時間には、買い物に町へ出た。好摩の駅ではホームに出て啄木の歌碑を眺めたり、仙台駅では藤村を思ったりした。福島辺りで福島弁を聞きながら、敗戦直後、福島の伯母の家に手伝いに行ったことが思い出された。普通列車でないとできない味わい。歳を重ねたら是非、青春一八切符でのんびり旅をしたいと考えていたのだった。

そして各駅停車でゆったりとはいかないが、山口・俵山温泉で湯治の帰り、足を延ばして、山口県長門市から鳥取まで普通、急行と乗り継いで山陰を巡ることになった。長門市から島根県益田までは普通列車。山陰線の乗客はまばらで、静かだった。列車が長門市駅を出発してしばらく、シベリアシリーズで知られた画家の香月泰男が、芸大在学中に展覧会で初入選した作品《雪降りの山陰風景》はどの辺りを描いたのか、車窓からその風景を探した。行き過ぎる、寂れた無人のホームには月見草の黄色い花や野草が生い茂っていて、線路や林の先に茫洋とした日本海が広がっているだけだった。東萩駅辺りで海に浮かぶ小島、漁港、家が見え隠れし、煉瓦造りの「萩反射炉」の煙突の上部が林間からちらりと見えた。かつては賑わっていたのであろうか。

益田駅では急行に乗り換えのため、二〇分待ち時間があった。駅のパンフレットで、益田は香月が研究した雪舟や、万葉歌人柿本人麻呂のゆかりの地だと知り、生まれて初めての山陰の旅が身近に感じられ、改札口から街を見た。そのとき定時制高校の担任で、後に大学へ移られ、教授定年後も西本願寺本万葉集研究者であったH先生のお賀状を思い出した。そこには毎年、万葉集の歌が一首、原文の解説付きで書かれていた。それで先生に山陰と益田の旅のご報告をしたところ、当時九十四歳の先生から「昔、広島から益田や萩に行きました」とお賀状を頂いた。山陰の旅の懐かしい思い出になっている。

松江城・宍道湖《しんじこ》

益田からは急行で松江へ。四百年前築城の国宝松江城は、小高い丘の上に美しい姿で佇んでいた。以前国宝の松本城は山旅の帰りに、広大な姫路城は山陽の旅の帰途に行列して見学した。この度の松江城はすぐ見学できた。残念なことに私は足が痛み城内には入らず、娘が城内を巡っている間、城の入口の扉だけ見て、城から離れ庭から松江市内を見渡した。庭に東郷平八郎お手植えの松の木があり驚いた。この城に東郷平八郎が訪れた、同じ場所に立っている我が身を思い、戦時中国民学校の教科書で習った、日露戦争の歴史を改めて考えさせられた。

松江城のお堀を巡る〝茶の湯舟〟には、相客は無かった。白髪交じりの船頭さんが、ゆったりとした口調で、お城の周りの木々や鳥、風景など説明しながら櫓を漕いでゆき、心に染みる声で〈古城〉《松風さわぐ丘の上　古城よひとり何しのぶ……》を歌ってくれた。娘は備え付けの茶道具を取り出し、揺れる船中で、お盆点てでお茶を点ててくれた。美味な不昧公のお菓子を頂いた後、口の中にお抹茶の香りが広がる。私がリウマチで指が不自由なので、娘は自分でお茶を点てて頂いた。私が船頭さんに「船頭さんの〈古城〉が素晴らしく、松江の良い思い出になり有り難うございました」とお礼を言うと、船頭さんがまた静かに〈古城〉を歌い始めた。その時お堀の上、松林の奥に松江城が見えてきた。なんと贅沢な時の流れ。難病を友とする苦しみの日々、娘が点ててくれたお抹茶を頂きながら、お堀の小船に身を任せた。

その夜は宍道湖《しんじこ》そばのホテルに泊まり、「宍道湖で夕陽を眺める遊覧船に乗らない？」と娘が誘ってくれたが、疲れていたのでホテルの部屋から眺めることにした。ヨーロッパ旅行を思わせる室内の雰囲気だった。ソファーに座り広い湖をぼんやり見ていると、ふと四半世紀前イタリアで宿泊したホテルが脳裏にだぶり、ヴェネチアの海を眺めている錯覚を覚えた。

ゴンドラに揺られ船頭さんの唄が流れる。船頭さんのそばの席で、「ペルファボーレ《おねがいします》、《サンタルチア》」と馴れないイタリア語で頼んだ。体格の良い若い船頭さんがにこにこと「シー《はい》」と、姿勢を正し唄い始める。《スルマーレルチィカ《つきはたかく》　ラストロダルジエント《うみにてーり》……サンタルチィーア　サンタルチィーア》。碧い空、館を映した運河の水面に歌声が朗々と響き、石橋の下をくぐりながら進むゴンドラ。素晴らしい声量に「ブラボー、グラッツィエ《ありがとう》」とお礼を言い、全員が拍手喝采。往き交うゴンドラの乗客からも拍手がおこる。

今日は松江城のお堀を巡る静かな〝茶の湯舟〟で、親子だけでしみじみと聴けた〈古城〉。イタリアでの晴れやかな〈サンタルチア〉と、どちらも人生のなんと至福な時間だったろうか。海のように見える宍道湖。レストランで懐石料理を頂きながら、湖に夕陽が静々と沈んで行くのを眺めたときも忘れ難い。

足立美術館

翌日は、山陰本線の急行で安来駅で下車し、シャトルバスで足立美術館へ。周りが静かな地域なのに、美術館だけが観光バスの列で混雑している。展示の絵と共に広大な借景を背後にした日本庭園が見どころである。庭師が四季折々たんせい込めて手入れを施した《苔庭・枯山水・池庭》を団体旅行客、個人、大勢の外国人が行列して眺め、その景色に感嘆の声を上げ写真を撮り合っている。その列の中にいて私は、宮内庁に拝観を申込み見学した京都・桂離宮の日本庭園のことを考えた。そのときは時間がなく、外国の〝交響楽団グループ〟の後方について静寂な庭を見学した。今回、混雑した中で名庭を観るのは、高齢の病身にはこたえる。雪の早朝、静寂なこの庭と向き合えたらどんなに素晴らしいだろうか。

美術館内では「横山大観生誕一五〇年記念、横山大観VS日本の巨匠たち」と題した展覧会が開催中で、大観の「龍興而致雲」の龍の目の鋭さに惹きつけられた。龍の彫り物などを残した、大工の棟梁だった祖父がこれを見たらさぞ喜んだことだろうと思った。川合玉堂の「雪降る日」は、柔らかな雪質を感じさせられ、他の画家の作品も日本画に流れる空気を感じて、音声ガイドを頼りに、杖を突きながら二時間ほど観て回った。そして庭の池を見ながらランチ休憩後、一階の陶芸館で、河井寛次郎、北大路魯山人、織部の竹形花入れなどをゆっくり観て美術館を後にした。

かつて足立美術館は、大山《だいせん》登山の帰り寄りたいと考えていたが、山陰本線の車窓から登れなかった大山の雄姿を飽かず眺め、その日は鳥取駅近くのホテルに泊まった。

浦富《うらどめ》海岸・鳥取砂丘

鳥取の浦富海岸は、山陰の松島と呼ばれている。翌朝、バスに揺られ海岸の景勝地へ向かった。浦富海岸を四〇分で巡る観光小型船に、若い韓国人の夫妻と私たち親子が乗り込み出発。好天に恵まれ、風が強く船は真っ白な波飛沫を残しながら、速度を上げる。間もなく日本海の地殻変動や荒波の浸食で造られた、十五キロも続く岩石海岸に近づく。荒々しい岸壁が間近に迫り目を奪われる。波に洗われ孤高の岩の絶壁、その上に飄々と伸びる木々。打ち寄せる波が洞窟を穿ち、海は陽の光に、緑、白、藍、青と変化してゆく。若い夫妻に頼まれ娘がカメラのシャッターを切った。海底も透き通り、船底から魚が泳いでいるのも見えた。自然美が織り成す日本海の見応えある岩肌と、海の色に酔いしれた船旅だった。昔、仙台の松島を友人と観光船で巡った時はその美しさに圧倒させられたが、浦富海岸は生きている地球を肌で感じられた。

その後バスで旅の最後、鳥取砂丘へ。バスを下りてリフトで上ると、前方に広大な砂丘が広がっていて、紺碧の日本海と薄青い空の境界線が見えるだけである。砂丘で客待ちのラクダが、数頭ぶらぶらと歩いている。近くにいた一頭と一緒に写真を撮ってもらい、娘は鳥取砂丘の思い出にとラクダに乗り砂丘を回った。その後ろ姿を眺めている時、娘が幼い頃〈月の砂漠〉を歌いながら、「ラクダに乗りたい」と言っていたことが思い出された。

傍のベンチに腰掛け、初めて歩いた砂丘をぼんやり眺めた。十万年以上かけて堆積した砂丘という。その歴史に比べ人間の命の短さ、その短い命を戦争で無惨に失う歴史を繰り返している人間の愚かさを、サン・テグジュペリは、『ル・プチプランス《星の王子さま》』の中で示唆している。かつて大学生へのフランス語の個人レッスンで読んだ一場面。星の王子さまが砂漠で出会ったキツネに、《肝心なことは、目だけでは見えない。心と一緒に見なければ……》と言われた言葉。それが心に残り、〈戦争について〉、〈愛について〉、反芻していた時である。

老人会グループの中で杖を突いた女性に、「一人で、どこから」と声をかけられた。

「東京からです。娘がラクダに乗り砂丘へ」

「そうですか。東京へは一度、父が祀《まつ》られている靖国神社にお参りに行っただけです」

「若い日、私、靖国神社に献花をしました」

「それは、有り難うございました。奈良へもどうぞ」と彼女。

私は元興寺の宿房泊で、奈良の寺を訪ね歩いたのも懐かしいなどと話した。山陰の旅の終わりで、初めて見知らぬ方に声をかけられ話したが、彼女が戦死した父の悲しみを、初対面の私に吐露したのは、私が同年代だったからだろうか。しばらくして娘が戻り、お互い体を大切にと言い別れ、タクシーで鳥取空港へ向かった。

日本海から太平洋へと横断する機内のひととき。下界を眺めながら、折々の風景の中に過ぎ去った歳月を振り返ったこの旅を思う。古希に考えていたのんびり山陰の旅とはいかず多忙であったが、病身を労りながら、香月泰男の「一瞬一生」の言葉が心に染みた旅であった。

入院中窓の外を眺めながら

廊下の片隅から

米寿の頃、K病院にパーキンソン病で入院したときのことである。そのときは緊急入院患者も入る、五階病室の廊下側のベッドだった。病室から出るのは、検査と変形性股関節症のリハビリやマッサージを受ける時、それとナースコールを押し、看護師さんと一緒にトイレに一日数回だけだった。

薄緑のカーテンで囲まれた病室内には、テレビ、インターネット、冷蔵庫、小物入れが整っていて、皆さんイヤホンで何か聴いているようであった。インターネットも使用せずテレビも見ない私は、一日中外の景色が見えない部屋で、持参した本を読んで過ごし、疲れるとクラシックのCDを聴きながら白い天井をぼんやりと眺め、晴雨や猛暑も分からず過ごしていた。

耳に入る音と言えば、九十歳を超えた患者さんの「誰かいませんかァ」としぼるような声。水分を厳しく制限されている患者さんの、「口を濯いだ水を少し飲んだ」というかすれ声だけである。緊急入院した人の顔も分からず、ベットのそばに酸素ボンベだけが残されていることもあり、別な病室への移動も足音などで知るだけである。

そんなある日の早暁。トイレの帰り、廊下の隅に一瞬、一条の光が見えた。私は咄嗟に、同行してくれた副看護師の男性に、「日の出をちょっと見たいので」と、一寸立ち止まり、廊下端の扉の窓越しから外の空を見やった。広大な空間を前にして、外気を吸えないまでも、外の様子を少し見られると思って眺めた。しかし眼下の街も遠くの山もなにも見えない。視界に入るのは雲海のような雲の広がり。

目の前を雲がゆったりと動く。ときに厚く暗く、薄く濃いグレーに覆われる。光が一瞬雲の中を横切る。昇る太陽の姿は見えない。期待していたご来光は見ることができず残念に思いながら、部屋に戻ろうとしたときである。付き添いの副看護師さんが、西の空の雲間に差し込んでゆく明るい光の方角を指差して、「あそこに太陽の光を浴びた三日月が……」と、一瞬鴇色に衣替えして、美しく輝きを放つ月を教えてくれた。何と美しい月！　月に見とれていると、副看護師さんは親切にも「すぐ戻りますから、どうぞ」と傍の椅子を出してくれて、急ぎ足で別な仕事に行った。

入院中とは言え、外の景色を見ず二週間もカーテンに囲まれ、白い天井を眺めている日々だったので、山が好きな私は、山並から昇るご来光を眺めたかった。その朝はご来光を見ることはできなかったが、美しい月の輝きを見ることができた偶然の幸せ。副看護師さんに感謝した。

このように月の光に感じ入る私は、心に重いひっかかりを抱いているからであろうか。煌煌と輝く月の光は、山旅や湯治の折々見てきたが、このような美しい月の光は初めてである。月に太陽の光の当たる瞬時の輝きらしい。一、二分経っただろうか、太陽の一部が雲間に見えて、さーっと四方に光を照らしみるみる広げた。目に見えない風によって雲が動き、ときに雲が太陽や月を覆ったりしながら、刻々と変化させている。昇る太陽の光、沈みゆく月、流れる雲。

雲の片隅から自分ひとりがそれを見ている錯覚を覚えた。そして地球も太陽の周りを回る惑星の一つで、広大な宇宙の一部で浮かんでいることをふと実感させられた。たまたまその早朝は緊急入院の患者もなく、病棟は静かだった。病室から少し離れた、誰もいない廊下の片隅で夜明けの一瞬、光が織り成す輝きを見て、このような感慨を持てたのであろうか。

いく度も日の出のころ、西に残月を見たことがあった。流れる雲ももちろん美しいと眺めたこともある。けれど今朝は幾重にも厚い雲の層に包まれながら、太陽からの光を浴びた月が、現れたり消えたりする光景を、雲に乗って見ている気分になった。

大空のダイナミックな情景を垣間見て、興奮しながらベットに戻った私は、一日中緑のカーテンに囲まれた小さな空間の中で、難病の我を忘れ、宇宙の営みを反芻していた。そして四十六億年回転している地球の中で、人間の一生は一瞬にしか過ぎない。人の命の短さについて考えさせられたのであった。

病室の窓から

種々の検査が終わった後、私は五階の窓のない病室から六階の病棟に移り、一か月ほど入院生活をした。変形性股関節症は、手術以外に回復方法が無いそうであるが、米寿過ぎで手術が難しいともいう。それで歩行訓練などリハビリを集中的にやっていた。

六階の病室のベッドは窓際で、横になっていると、大きな窓から空だけが見える。雨の日には、雨音は聞こえないが、ベランダに降り注ぐ雨が流れていくのが見える。ある日の朝方は、朝日を浴びた鴇色の雲が、西の空に広がる。ある午後は遠くにどんどん入道雲が湧いてくるのを、別な日はヒツジ雲が次々に横切っていくのをぼんやり眺めて過ごした。

歩くとき股関節の痛みが辛く、難病のパーキンソン病の進行などの心配をし、それに加えてある日のリハビリ室で耳にした会話が、さらに心を重くした。あの日、私の隣でリハビリ中の同年代の患者さんが、理学療法士の先生に、「お歳は、ここはどこですか」と訊かれた。と、その人は「八十五歳。ここは広い場所」と答えた。米寿過ぎの私も、その数日前、担当医の先生に同様な質問をされている。私もほどなく同じ答えをするようになるのではと思うと、心配で雲の流れを眺める心の余裕もないときがある。

そんなとき、入院の荷物に入れてきた道元の『正法眼蔵』の中の「いまここ」を大切に、という一文を再読する。その言葉を心に刻み、病を友に生きようと耐えていた。

そして自然は、私を無言で癒し励ましてくれた。食事の折々、窓辺の椅子に腰掛けると、西の彼方に、昔、山の友Mさんと縦走した丹沢山塊が眺められる。夕日は遠くの雲を薄い黄色から鴇色、薄墨色へと塗り換えながら山の向こうに姿を消した。

そのときMさんと二人、美ヶ原へ行った時のことも想起された。現在は静岡に住み、喜寿を迎えたMさんとはあちこちの山へ一緒に登った。彼女も今では二本の杖を使い、当時傘寿を過ぎ八十五歳の私も杖を頼りの生活となっていた。美ヶ原での十数年振りの再会だった。

かつて登頂した美ヶ原（二〇〇〇メートル）の山小屋は、現在松本から送迎付きのホテルに変わっているが、部屋からの展望は昔のままだった。二泊したのでのんびりできた。日長一日窓の傍を燕が飛び交う。大空の下を流れる雲を眺めながら、北や南アルプスほかの山々を縦走し、山頂近くの山小屋に泊まり、ご来光や夕日を眺めたことなど、思い出話をした。

インターネットもない時代、お互いに仕事と子育てに追われながら山へ行ったのだった。当時四十代前半で体格の良い、写真の上手なMさんは、カメラと縦走のときの食料を受け持つ。体力のない私は、山の地図、気象情報、山小屋や電車の切符の手配を受け持った。二十数年間には子どもの急病や仕事で、夏山の縦走を一緒にできないこともあったが、ほとんど飛行機の搭乗時間を間違うこともなく怪我もせず、一緒に山旅を重ねられた幸せを語り合った。

翌朝は三六〇度展望できるホテルのテラスに出て、白銀をまとった四方の山稜をしみじみと見渡した。「このような好天は珍しいですよ」とホテルのスタッフさん。老女の久し振りの再会を、天も祝福してくれたのだと友と喜んだ。そのとき私たちは、日本百名山中登頂した六十ほどのうち、多数の山を探し出せた。そして各々の山で出会えた高山植物や雷鳥も懐かしんだ。

ところで、詩人でロマン・ロランの翻訳者尾崎喜八は、登山家でもあり、美ヶ原にも登り「美ヶ原溶岩台地」を詠んでいる。詩人も眺めたであろう夕日を、このときも眺めることができて嬉しかった。遮るもののない前方の槍ヶ岳と穂高連山の間に、太陽が刻一刻と沈んでいくのを、お互い病を忘れ感嘆しながら眺め、至福のひとときを過ごした。その夜は満天の星をしみじみと眺め、下界を忘れ、大自然の懐に抱かれ床に着いた。杖に頼りながらの、あの美ヶ原の山旅が愛おしい。

そんなことを考えながら、病室の窓から丹沢山塊にかかる灰色の雲をぼんやりと眺めていた。西丹沢縦走では、鹿に遭い離れないので、パンくずを与えて別れたこともあった。窓からの眺めは、折々の山旅の思い出を呼び覚まし、難病やコロナ禍での面会謝絶の入院生活の辛さを癒し支えてくれた。

ヒトリシズカ

「卒寿のお祝何がいいかしら」と、娘が私の居間を掃除してくれながら訊いてくれた。これまでは花好きな母ために、素敵な花束と一緒に、介護用肌着などをプレゼントしてくれていた。花は、娘の部屋やキッチンなどにも活けて、家の中が華やいで、嬉しい誕生祝になっていた。今年は「もう祝は充分」と思っていたが、それでもと言うので、初めて雑木林の木陰に咲くヒトリシズカを頼んだ。

山歩きしていた頃、低山でひっそりと咲くこの花と出会っていた。七十代半ばにリウマチが手に発症してからは、T女子大学病院に通院の傍ら、数年、奥秩父の湯治宿に、年に数日滞在していた。今はもう廃業してしまったが、江戸時代から続く趣のある宿だった。そしてそこでもこの花を見つけた。裏山に猿がすむようなところ。山間《やまあい》から朝日が昇ると温泉に浸っていた。近くの山裾の道や雑木林を歩くと、春めいて日当たりの良いところでは、二輪草やタンポポ、スミレが咲きはじめ、鳥の囀りも軽やかに聞こえる。木漏れ日の下を何気なく見ると、今では見かけないヒトリシズカが二、三本、遅霜を頭に被り肩を寄せ合い、土の上に顔を覗かせていた。東京より寒さの厳しい奥秩父で、まだ早春の頃。霜に耐え芽を出す野草の強靱さを垣間見た。純白な美しい花穂に惹かれていたのだが、その内に秘めた無言の忍耐力や生命力を感じ、それにあやかりたい、とそのとき思った。

リウマチの痛みが少しひいて、東京に戻ってからは高尾山を一人歩き、のんびりとヒトリシズカなど野の花を見たり風の音を聞いていた。傘寿祝もそうした。米寿祝はパーキンソン病と変形性股関節症の痛みのため、山へ行けず、我が家に弟妹が集まり祝ってくれたが、卒寿祝はコロナ禍のため電話で話して済ませた。

ヒトリシズカの、わが家の庭への仲間入りは何年振りだろうか。小鉢の中で二本、高さ六、七センチの茎から純白のブラシのような穂状の花をつけている。隣には郷里の鉢植えの朱色の草木瓜《くさぼけ》、紫色の都忘れの花たち。みな花の命を謳歌し、病身の私を無言で慰め励まし、卒寿を寿いでくれているようだ。

窓辺の花を眺めながら、誰もいない居間で、頂き物の京菓子で久しぶりにひとり茶会をした。教え子のお父様から頂いた思い出深い三島手のお茶碗に、リウマチの不自由な手で大服にお茶を点てる。難病を友に卒寿を迎えられたことに感謝しながら一服頂いた。そのお茶碗をしみじみ見つめていると、これを頂いた当時が思い浮かんでくる。その頃は大学生や専門学校生に個人レッスンでフランス語、中学生にグループで英語を教えていた。多忙な歳月が脳裏に去来し、しばし出会った生徒たちを懐かしんだ。

そして、そんな忙しかった時の誕生日祝というと、娘がまだ小学校低学年の時のこと。少ないお小遣いの中から、深紅のバラ一輪に添えて、色鉛筆で《おそうじけん》、《おつかいけん》と書かれた数枚の紙を、袋に入れてプレントしてくれたことがあった。それがまだ一枚残っていて、いとおしく大切にしまっている。あの頃の娘は学校から帰宅後、ヴァイオリンと体操の習い事で忙しかった。その合間、私から《おつかいけん》を渡されて、お豆腐屋さんへ、それからヴァイオリンのレッスンへ急いだ。「上手に弾けました」と先生に褒められた「キラキラ星」。その曲を母の誕生日プレゼントにしようと、帰ってきてすぐ聴いてと言う。ゆっくりソファーに座り、コーヒーでも飲みながら聴ければ良かったのに、仕事に追われ、洗濯機の傍らで聴いたのも遥か昔のことである。

そういえば、大学院時代まだ娘が幼い頃、講義のとき娘を頼んでいた方の都合が悪く、たまたま友人Sさんの家で娘を預かってもらい講義に出席したこともあった。後年彼女が出産の折、病院にお見舞いに行き、新生児室ですやすやと寝ている男の子と窓越しに面会したことも遠い記憶の中から甦る。その子が幼稚園の頃、武蔵野の林を一緒に散歩した折、私のために、合歓《ねむ》の木の三センチほどのひこばえを掘り出してくれた。それは二メートルにも伸び、今も我が家の庭で毎夏、青空に向かい、淡い紅色の花を咲かせてくれている。

四年前の春、彼女が遊びに来たとき、いつぞや椿山荘の蛍茶会を思い出しながら桃のお菓子を出し、久々に三島手のお茶碗でお茶を点てた。その折、合歓の木の思い出話や、かつて詩で新人賞を受賞した彼女は、長年研究している『源氏物語』を、ユーチューブで十年間、講義したことなど話してくれた。

心地よいそよ風が入ってくる居間で、一服のお茶を愉しみながら、懐かしい友人たちのことも思い返す。お茶碗を置いたお盆は、Tさんの結婚式の引き出物で大事に使ってきた。彼女は小学校からフランス語の授業がある私立出身で、大学時代に頼まれて、何かの国際会議の際、各会場の案内で通訳をしたそうである。大学の花道部の部長としても活躍し、当時お花を教えながら大学に通っていた私は、学園祭の日、彼女の案内で部員の展示作品を観させてもらったのも懐かしい。数年前、彼女は私の病気を心配してくれて、私が通院中の病院の近くに会いに来てくれた。その折は先生方の訃報を悼み、彼女自身は長く歩くことが辛いと言った。「年を重ねると病気も増えて大変ね。お互い体調に注意しましょう」。そう言って別れたことなど、ハイビスカスの黒漆盆を見ると思い浮かぶ。

美術研究の道に進んだS・Kさんは、一人でヨーロッパの美術館を巡った後、美術の翻訳や画廊に勤めたりした。画廊では、朝倉摂「デッサン展」の仕事もしたという。以前久し振りに会い、戸口純先生のピアノコンサートを一緒に聴いた。その帰り、亡き友T・Rさんから頂いた、彼女のお父様で美術評論家板垣鷹穂著『イタリアの寺』（大正時代出版の復刻版）の思い出話をしたりした。

その亡き友T・Rさんのこと。いつも夏に軽井沢の別荘から手紙をもらっていたのだが、あるとき施設から出された彼女の手紙に驚き、病院へ通院の帰りお見舞いに行った。その時「長く生き過ぎました……」と彼女は言った。病気と孤独からそらせるように、私は学生時代中世フランス文学の授業を一緒に聴いたことや、彼女がS女子大での読書指導をまとめた著書『心を育てる読書』について語った。私は「あなたの本からいろいろ学ばせて頂いたわ。例えば、『文学とは、人間のありようを考え、人間は如何に生きるべきかを考える営みです……辻邦生氏の言葉によれば、文学というものは、……精神の養分を注ぎ込んで、生命本来のいきいきした輝きを取り戻させるものである……』などが考えさせられてよかったわ」と言った。

「ここにはそのような話をする人がいなくて寂しい」と彼女は話した。面会時間が終わる時、「また今度続きの話をしましょう。お大事に」と部屋を後にした。その数か月後に帰天の訃報が届いた。あれから数年経つ。今は折にふれ彼女の本を開き、そこに綴られている言葉に相槌して、語り合っている。

卒寿のひとり茶会は、かつての生徒や旧友との思い出をゆっくり振り返るものだった。旅立った人、健康で研究に励む人、病を友に過ごす人、皆各々の人生の道を歩み、老いを迎える。老いとは、孤独や病を友に生きることだと実感させられる。病身の私も厳しいことの多い人生だったが、多くの先生方や友人や知人に助けられ卒寿を迎えられた。九十年の間経験し、考えたことを思うまま綴り、卒寿のささやかな記念に、『卒寿の埋火』の上梓を思い立った。数年前から体調の良い日、少しの時間、リウマチで手が不自由なため、薬指一本でパソコンを打ってきた。

そして上梓後は、『ジャン・クリストフ』を再読したいと思う。この本について、フランスの哲学者アランは、「若いときに読んで、晩年に読むべき本である」と述べている。

晩年ロマン・ロランは、精神的な自叙伝の中で、

「今日 —— それは、生命の各瞬時、おのおの細片であり、 —— それは生きている永遠性である」

と記している。(『内面の旅路』「閾《しきい》」)

久し振りに再会したロランの言葉。卒寿を迎えた人生の冬には遅すぎるが、この言葉と、書棚でいつも眺めている『正法眼蔵』の中の言葉で、相田みつをの書「いまここ」。これらの言葉は心に留めていきたい。一日一日、人生の重みを噛み締め、一頁でも著者と対話をしたいと願う。窓辺にある卒寿祝の純白のヒトリシズカに励まされ、二服目のお茶を点ててゆっくり頂いた。

三　ロラン折々の風景

六十一年ぶりの再会

もう半世紀以上も前のこと。私はロマン・ロランの小さな研究会に、数年出席していた。当時は敗戦後十年ほどで、物資も乏しく、思想や価値観の混乱した時代だった。そんなとき私は、「人はどう生きるべきか」を、平和や音楽、自然を愛した作家の作品から学びとっていた。

その研究会は、会則や会員名簿もない全くの自由な会で、会社員、公務員、教師、ピアニスト、研究者、学生など様々な人が参加していた。場所はお茶の水の雑誌記念会館で、月一回土曜日の夜開催され、会費は三〇円（のちに四〇円）だった。ロランは小説『ジャン・クリストフ』、『魅せられたる魂』などの執筆ほか、戯曲、音楽研究、社会評論、伝記と多方面で活躍した作家である。会での話題も多岐に渡り、毎回テーマを設けて、作品について会員や折々の参加者が解説し、議論した。当時フランスから帰国され、後に名古屋大学名誉教授になられたロラン研究者新村猛先生や、ロランの胸像を制作した彫刻家高田博厚氏の講演、音楽評論家山根銀二氏による「ロランのベートーヴェン連続研究」の解説もあった。会では、研究誌『ロマン・ロラン研究』（三〇円）を発行していた。

会員の一人で同年代のYさんは、私より先に入会し、そこで熱心に発表されていた。あるとき小説研究の場で、彼女の作品に対する真摯な態度と解説が私の心に響き、彼女に質問して親しくなった。会では親睦のため、三ツ池から大倉山や中津川渓谷へピクニックにも行っていた。渓谷沿いを歩きながら、ロランを熱愛するYさんは、「いつかロランゆかりの地を訪ねたい」と、熱い想いを私に話し「私も……」と、語り合ったことが懐かしく思い出される。

この研究会でロランの作品について、会員の研究や、先生方の魅力的な解説を聴き、私は一九五〇年代後半に会を離れた。そしてその後も、私は終生ロランの思索の傍らに佇み、古希を過ぎてささやかな拙著『ロマン・ロランの風景』を上梓した。その際、Yさんに読んで欲しくて、会の主幹N氏に彼女の住所を尋ねたが、転居先不明との返信でYさんへの連絡は諦めていた。そしてそれから十数年が過ぎた一昨年年末、偶然ある読者の方のお陰で、彼女の住所が分かり、拙著を送った。

驚いたYさんからの礼状には、「随分長い年月が経ってしまったものですね。タイムスリップして、しばし当時を偲びました。頁をめくり始めると、会で語り合ったことなど思い出され感慨深く、作品の原風景の中で、あなたと一緒に旅しているようで楽しく、一気に読み終えました。これを纏《まと》めるのは大変でしたでしょう。声だけでも聞きたいので、ぜひ電話番号を……」と書かれていた。

私は心が躍った。早速連絡をとると、受話器の向こうから数十年ぶりに、彼女の懐かしい声。彼女は病気で三年ほど外出できない日々を送り、歩けないが「ぜひ会いたい」と言ってくれた。

数えで米寿の私も、古希半ば過ぎに患ったリウマチの痛みに加え、傘寿にはパーキンソン病が重なり、辛い日々を過ごしている。けれど私も彼女に会いたくて、お土産にフランスのロランの故郷で摘んできた末枯れの花をリュックに入れ、杖を頼りにタクシーや地下鉄、電車を乗り継いでYさん宅へ伺った。

Yさんと再会した瞬間、時の流れの重みと、お互い病魔に苛まれ、変わり果てた姿に愕然とした。しかし、長い間のご無沙汰の挨拶の後、私たちはまるで昨日別れた友のように、互いの病を忘れ、時を忘れて語り合った。

会に長く在籍していた彼女は、私が退会した数年後、自分は参加できなかったが、有志でロランの足跡を訪ねたことや、当時の会員の消息も話してくれた。私たちと一緒にハイキングに行った、当時大学生だったMさんは、後に大学教授となり、二〇年以上前にご息子と冬山で遭難死された、とYさんは下を向いた。そしてパリに留学した文芸評論家Aさんのこと。戯曲作家Sさんは、作品が賞を受け、新宿紀伊國屋ホールで上演された際、招待状を頂いたが、残念なことに急用で観に行かれなかったと話してくれた。会で「ロランと音楽」を、レコードをかけながら解説した会社員のKさんは、後に社長になり現在も文通しているとのこと。

また、当時大学で学生にロランを講義していた大学教授のHさん。ロランは多面的な仕事をした大きな存在。作家がインド思想に惹かれた、その内面の魂を考える重要性を指摘された。Yさんはご主人の転勤で倉敷にいた頃、Hさんに頼まれて、倉敷で学生たちの研究合宿の宿を探してあげて喜ばれたとか。私は、Hさんには会を離れて数年後、修士論文の資料について教えて頂き、「長距離ランナーで頑張られよ」と励ましのお便りを頂いたことなど、昔を懐かしく振り返った。

親切で優しいYさんは、会員の方々とロラン研究会以外でもお付き合いがあり、そんな彼女の話を聞くことができて、痛みを押して彼女を訪ねて良かったと思った。そして各々の分野で活躍された方々も、大半は他界されたと聞いて驚き、半世紀以上の歳月の重さを実感させられた。

その後私は、彼女が果たせなかったロラン縁の地を巡る旅の思い出話を始めた。四半世紀前に歩いたフランス中部の田舎町クラムシー。そこで幼い彼が母からピアノを教わった生家や、ミサに通った寺院をまわり、ロランが父と遊んだヨンヌ川の土手を、彼が愛した可憐な野の花を摘みながら歩いた。彼女は、「私、本当にクラムシーを訪ねられなくて残念。ローマは如何でした」と訊く。

ロランがローマ留学中滞在したファルネーゼ宮殿は、現在はフランス大使館になっていて、大使館の許可を得て、宮殿の二階のギャラリーだけ参観できたこと、そこはかつてロランが晩餐会の折、学院長に頼まれピアノを弾いた場所で、留学中の彼の面影を想い感慨深く観て歩いた。その後宮殿の裏からも眺めてきたが、彼が歴史研究をした部屋の窓は閉じられ、庭の隅で静かに藤の花が咲いていたことを話すと、彼女は遠い日を思い出し、「そぉー」と頷いた。

そして、かつて会で高田博厚氏が講演で話された、スイス・レマン湖畔のオルガ荘を訪ねた話になった。そこで、ロランとガンディーが対談した際、彫刻家は作家に依頼され、ガンディーの頭部像を制作したことなどを彼女に伝えた。ガンディーが訪問した際、ロランはガンディーのためにピアノを弾いた後、〈音楽は魂の独白です〉と言った。その言葉は、一音楽家（今日の世界に生きるベートーヴェン）の生涯を描いた大河小説『ジャン・クリストフ』の中で、主人公が独白している。

この作品では、主人公の故郷をドイツ・ライン河畔の町に設定し、作者自身、船旅でそこを

古城の見えるライン河

訪ねている。それで、私もライン河下りの遊覧船に乗った。船上から両岸に広がるぶどう畑や中世の面影を偲ばせる古城を眺めていた時、ふと、『ジャン・クリストフ』に初めて出会った敗戦後の定時制高校時代が思い出され、感慨無量になったと彼女に言った。

ここで私はお茶を頂き、旅の報告から話題を変え、Yさんに、ロランとの出会いについて訊いた。彼女は高校の図書室で『魅せられたる魂』を読み、アンネットの生き方に感動して研究会に入ったという。『魅せられたる魂』は、ロランの理想像を女主人公アンネットに託し、自らの内面の魂の自由を守り生きた、主人公の生涯を描いた大河小説である。彼女と話しながら、忘れていた研究会の様々な記憶が甦ってきた。会では、この小説のために連続研究会を開いた。新しい時代の知的な女姓の生き方について、数人の会員が各々の視点で意見を述べた。

Yさんは、「主人公が男性と対等に、一人の人間として生活し、世界と闘う女性に変化してゆく姿、その強い意志と思想に、私は魅せられました。皆さんの意見を聞きたいと思っております」と発表したのだった。私も続いて作品の時代背景について発表した。

当時その参加者の中に、後にノンフィクション作家になり、受賞作品が映画化されたY・Tさんもいた。後年、〈『魅せられたる魂』のアンネットの生き方に、生きる力を取り戻した。〉という彼女に関する新聞記事を読み、彼女にも拙著を送ったことが思い出される。

Yさんとロランのことを話していると、あの研究会で、ノーベル賞を受賞した『ジャン・クリストフ』や、『魅せられたる魂』ほかの作品を通して、真剣に生きる意味を考え討論していたことが、改めて昨日の出来事のように思い起こされる。

敗戦から七十数年経ち、いま日本は平和な時代である。けれども、「現在世界各地の戦禍をニュースで知らされ、その陰に多くの女、子どもの犠牲者を見るたび、心痛む日々。平和を愛したロランの『戦いを超えて』の著書が今忘れ去られ残念ね」とも話した。そしてこの日本で、「青春時代に生きる意味を教示してくれた、二十世紀の作家の思索の泉を、二十一世紀を生きる若者たちも飲んで欲しい」。老いを忘れ、私たちはそう語り合いもした。別れ際、私が持参した末枯れの花をじっと見つめていたYさん。「私はロランゆかりの地を訪ねる機会を逃したけれど、アンネットに支えられて生きてきて、人生の最終章に、こうしてロランの会のあなたに再会できて、ロランの愛した草花に出会えて嬉しい」と、病で痩せ細った手で、しみじみと花を撫でてくれた。

ロランの思索の泉に支えられて生きてきた二人の再会。いまは病を友とする人生の冬を迎える頃になってしまった。だが、作家ゆかりの末枯れの花が、二人の心を温め、励ましてくれたことに感謝し、六十一年ぶりにYさんと再会できた僥倖の喜びを噛み締めた。

俳句とある先生

新聞記事

初春の新聞記事《日曜に想《おも》う「上からの弾圧」より怖いのは　編集委員福島申二》（二〇一九年一月六日付朝日新聞）に、釘付けになった。

「俳句弾圧不忘の碑」が、俳人の故・金子兜太さんが揮毫して長野県上田市に建立され、碑の裏に、弾圧を受けた俳人のうち数句が刻まれているという。その中の一句

戦争が廊下の奥に立ってゐた　渡辺白泉《はくせん》

この俳句弾圧について、《俳句弾圧とは、時局にそむく作品をつくったとして、一九四〇年代に治安維持法違反容疑で俳人が相次いで捕らえられた事件をいう》と記事に記されている。

この碑の隣には、小さな「檻《おり》の俳句館」がある。館主は、金子兜太さんを師と仰ぐフランス出身で長野市在住の、俳人マブソン青眼《せいがん》さん。館内は《事件で検挙された白泉ら俳人の似顔絵や作品を壁に展示し、一人ずつ鉄格子を取り付けて表現や言論への弾圧を「忘れまい」と訴え

る趣向になっている》と記事にある。

そして以前、英語の恩師の古家榧夫《かやお》先生から、先生の句集『単独登攀者《アライン・ゲンガー》』を頂き、その中にある句も記事に掲載されていて驚いた。

《〈ナチの書のみ堆《うずたか》し独逸《ドイツ》語かなしむ〉は時局に便乗した当時の書店の光景であろう。今のへイト本を想像させる。句は一本の鞭《むち》のように、作者の古家榧夫と檻の中からこちらを見つめている》。最後に記事には《碑も館もささやかな存在だ。しかし訪ねてみると、それらの句が過去のものではなく、今という時代と深く切り結んでいることに気づかされる》と書かれている。

これを読み、戦前戦中は俳人だけでなく、多くの学者や文化人も投獄されたことを思う。東京のある会で、ロマン・ロラン研究者で名古屋大学名誉教授新村猛先生の講演を聴き、先生に「ロランの平和への愛」について質問したことがあった。その際、先生から「是非、ロラン研究を続けて……」と温かい励ましを頂いたことがあったが、先生も同志社大学予科教授時代、治安維持法違反容疑で特高警察により不当逮捕され、獄中生活をされた。また、京都ロマン・ロラン研究所主催の講演会も京都へ聴きに行ったことがあるが、敗戦後、研究所を設立し、初代理事長をされていた大阪市立大学教授宮本正清先生。先生も不当逮捕、強制連行、拷問のうえ六十一日間獄中生活を送り、敗戦の翌日釈放された。

《時は流れても、人間は絶えず非人間化される危うさの中に生きている》という記事の言葉も、現実社会を凝視しなければならないという、忠告であると気づかされる。

『俳句研究』と『古家榧夫全句集』

昭和五十八年（一九八三）九月号の雑誌『俳句研究』は、私が初めて手に取った俳誌だった。目次を開くとすぐ「在りし日の古家榧夫氏」と、先生の遺影が掲載されていて驚いた。先生に最後にお目にかかった時のように、白髪を肩まで伸ばされた先生が、タバコを口に咥え、老眼鏡の奥のまなざしが何かを見つめる遺影。

俳誌の中ほどに、俳人湊楊一郎の追悼文「古家榧夫を悼む」が掲載されている。そこには「榧夫の評論は厳しくゴツイものであったが、『単独登攀者』を見ればすぐわかるように、作品はあまく情緒があふれていた。……俳句事件後会わなかった」と書かれ、また終戦後再会し「榧夫は、よほど俳句事件で骨身にこたえていて、癪にさわっていたと見えて、許し難しと、一生懸命であった。私は法律家として一枚加わらされた。……」。榧夫も新俳句人連盟を脱退し、「榧夫は俳句仲間とも、また私達とも近寄らないようであった」と記している。

このことは、その年の六月に先生の告別式に出席した際、初めて知らされた。先生がお好きだったショパンの曲が式場に流れていた。出席者の方々は、先生が研究社の英語雑誌編集長の傍ら、嶋田青峰《せいほう》主宰「土上《どじょう》」の同人となり、第一句集『単独登攀者』を出版し、戦前に嶋田青峰、秋元不死男と共に時局にそむく俳句を作ったとして、巣鴨の監獄に二年間投獄されたことを回想されていた。私と同様に予備校で先生の授業を受け、先生と交流を続けている数人の男性、大学講師ほかの方々も「俳句事件」を知っていて、先生の外国旅行にも同行し、俳句事件について知らないのは私だけであった。

湊楊一郎は、榧夫が新俳句人連盟を脱退後のことは分からないとしているが、その後の句は、昭和六十年（一九八五）刊行『古家榧夫全句集』に収められている。その中には先生が不当逮捕され巣鴨に投獄された体験や、魂の胸底にある句が掲載されている。

わが死灰を撒くべき海ぞエーゲまばゆく

我が日本を捨てむと思ふ心を妻は知る

その句集の跋は、先生の俳句の弟子で、日本独文学会理事・弘前大学名誉教授小島尚先生が書いている。その中で俳句弾圧事件にも言及されているが、古家先生の「晩年の漂泊の旅の句」の本質について、「氏は自然を愛し、一人旅をこよなく好んだが、……。そこに自ら詩心が滾々《こんこん》と湧き出て、在来の季に捉われない……。榧夫氏の句の孤独な旅への哀感や、実感の滲み出た自由なリズミカルな表現は……短歌の石川啄木との共通点が多いと思う」と解説している。最後に、我が俳句の師であった古家榧夫氏の霊に捧げて筆を擱《お》くと数句掲載。その中の一句、

草木愛でし君の句我に生きつづく

俳句に門外漢の私も古家先生から草木を愛《め》でた色紙を頂いており、古家先生との思い出に耽った。

頂いた色紙と句集

古家先生との出会いは、私が家庭の事情で大学を中退し、数年後、生け花教師の傍ら大学の再受験を考え、予備校で英語講座を受講したときだった。大学入学後も語学を教えて頂き、お花がお好きな先生と花談議をしていた。

半世紀以上も前のあの日、高田馬場駅近くの喫茶店で、先生は「これは尾瀬の朝の句です。尾瀬は素晴らしい所です。いつか行くといいですよ」とおっしゃりながら、

霧流れ　陽流れ　草葉　風に泳ぐ　　榧夫

と詠まれたれた墨跡鮮やかな色紙をカバンから取りだして下さった。それと一緒に、暇なとき

読んでみて下さいと、一冊の古い句集を下さった。『単独登攀者』。題字に独語のルビがふられ薄茶に色あせていた。

頂いた句集を読み、先生が俳人でいらしたことをそのとき初めて知った。句集の「（生活をうたふ）」の中の「洋書の香」で、「丸善の初夏は好もし友を待つ」の並びに新聞掲載の句があり驚く。先生が若い頃、ご家庭の事情でお好きな学問を捨て、お母様と幼い弟妹を養われたことなどの句もあり、学問への情熱を断たれた句に心が痛んだ。「（雪と山岳）」では穂高縦走の句、「（ちまたの歌）」には、「雲遠し物にすがらんとする自己をあはれむ」などが詠まれている。湊楊一郎が追悼文で、〈榧夫の作品はあまく情緒があふれていた〉と述べていたが、一つ一つの句を味わいながらページをめくった。尾瀬の「霧流れ」の句には、詩のような響きが伝わる。私は当時フランス文学に追われ、俳句については句集の中で語句が不明な箇所を訊ねただけだった。

先生は私の学問への道の再出発を、いつも心に掛けて下さっていた。ある日お会いした際、先生が「仏文学で何を」と訊かれた。「ロマン・ロランです」とお答えすると、「国際平和運動の先頭に立ったヒューマニストの作家ロランは、私も好きです」とおっしゃった。その翌年は、「大学院で更に研究をと考え、アテネ・フランセにも通い忙しい」と申し上げると、先生は友人のご子息で大学講師のS先生を紹介して下さり、S先生の授業の空き時間に、フランス語の個人レッスンを受けた。

古家先生はお忙しい中でも、私が出品したデパートの華道展にはいつも足を運んで下さっていた。落葉松《からまつ》を活けた会場では、還暦過ぎの先生は、「落葉松の黄緑色の新芽が生きています。私これが大好きなのです」と、作品をじっとご覧下さった。そして、拙宅にお越し下さった折には、以前木曽で詠まれた次の句の色紙を、パリのマロニエの実生と一緒に持参下さった。

落葉松を綴るは冷たき木曽の星々《ほしぼし》　榧夫

それは今も我が家の床の間を美しく飾っている。

大学院時代に娘が生まれ、私は銀座で十年教えていた生け花教室をやめ、学校も休学。翌年、昼間娘を知人に頼み復学したが、育児と論文執筆で忙しく、先生にはしばらくご無沙汰をしていた。そして修士修了の春に先生と久々にお会いした。先生に、修了式には出席せず、大隈庭園で娘に池の鯉やお花を見せて歩き、文学部の校舎で修了証書を頂いたと話した。その際「黒いご本、のんちゃんもらいたい」と娘が言い、先生方の拍手に包まれ、指導教授が娘に修了証書を渡して下さったことなども話し、娘にせがまれ校舎の空き地で黄色いタンポポ摘みをしたとご報告した。すると先生は、我が家の白タンポポが咲いたらお知らせしましょうと言われた。

それで、「大学への就職口はどうなりましたか」と訊かれた。「東京にはなく、地方にありました。けれど地方だと娘の預け先が不安定で残念でしたがお断りし、自宅で学生に語学を教えながら、大学院の講義を聴講する」とお話しした。先生は「それはいい。いずれ研究を一冊にまとめるよう。期待していますよ」と励まして下さった。

六か国語話せる先生は晩年の十数年、三十回近く異国へ漂泊の旅をされた。それでその後はお会いするたび、先生の旅のお話をお聞きして過ごした。あるとき先生が、「お嬢ちゃん、元気」とお訊き下さり、上野動物園でお猿の電車に乗り大喜びした娘は、切符切りの車掌のお姉さんを見て、「お猿の電車の車掌さんになりたい」と言ったことなどを話していた。それで先生の俳句論、俳句弾圧事件もお聞きせずにお別れしてしまった。

先生からはその後も旅のつど、旅先から絵ハガキで、俳句のお便りが届いた。拙宅にお招きした折は、ご自宅の庭の草木、ギリシャのローレル、イタリアの糸杉などを持参して下さった。世界各地の可愛いお土産も頂いた。そして一九八三年春、旅先からは、オーストラリアからのこの句のお便りが最後になった。

烈日の流人の嶋に墓を見き　　榧夫

帰国後、五月に我が家に来られた折、娘に小さなコアラの置物のお土産を持参下さり、旅の思い出話をして下さった。美味しそうにコーヒーや、初物のスイカを召し上がりながら、先生は胸ポケットから新英語教育の原稿用紙と赤鉛筆を取り出され、その裏に、かつて旅先イタリアで詠まれた次の句をさらさらと認《したた》められた。

切符買うは
僧と
尼と　Assisi
東方の孤客　榧夫

孤独な旅への哀感が、しみじみ伝わってくる。

その翌月、先生は七十八歳で急逝された。先生の形見に奥様から頂いたギリシャのアカンサスも、庭で三十数年。毎年背の高い茎に薄紫の花を咲かせてくれ、眺めるたび亡き先生を思う。

尾瀬の色紙は、我が家の階段途中の明かり窓の壁に飾っている。窓に陽が当たる踊り場で、以前仕事や家事で疲れた時それを眺めていた。後年、水芭蕉の季節や、蛍舞う夏、草紅葉《くさもみじ》の頃の尾瀬ヶ原をこの句を思いながら歩いた。

先生が急逝される半月ほど前、娘へのお土産のお礼かたがた先生宅に伺った。その折、喜寿を過ぎ薄くなった白髪を肩近くまで長く伸ばされた先生は、和服姿で庭を案内して下さり、スイスを旅されたとき、峠に咲いていた可憐なスミレや、セーシェル諸島や異国の草花などを説明して下さった後、居間に入られた。コーヒーがお好きな先生は、奥様が淹れたコーヒーをゆっくり飲まれながら、「アラン島は、世界で一番美しいところ」と言われた。「色紙がなくなってしまったので」と、色紙についていた灰色の厚紙に墨汁をたっぷり含ませた筆で、

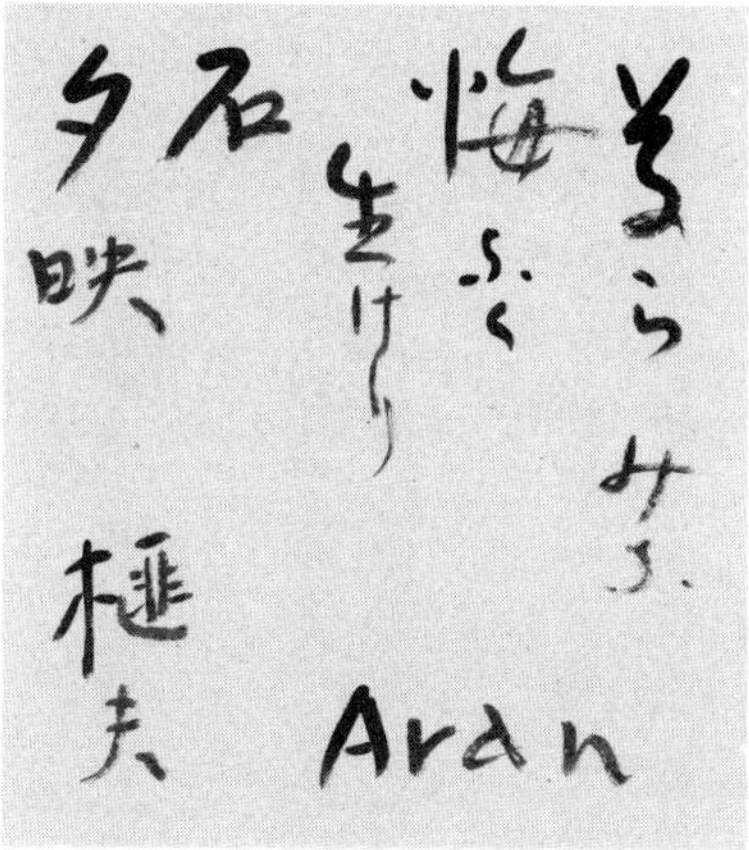

アラン島の書

　草らみな悔なく生けり石夕映　櫨夫

英語でAranと認《したた》められ、「これ、持って帰って下さい」と言われた。

いまでも私は机の前にこの句を飾り、《悔なく生けり》を折々反芻している。

今朝新聞を読み、改めて暗黒時代を語られなかった先生の苦渋を拝察する。そして私は研究を励ましてくださった、優しい師に出会えた幸せを思い、俳句に生きる力を与えられている。

「月光」の曲

二〇〇六年の陽春。夕暮れの窓から黄色いミモザの香りや、爽やかな風が流れこむ小さな会場で、ピアニスト戸口純先生の演奏でベートーヴェンのピアノ・ソナタ第十四番「月光」を聴いた。

当時ボストン在住だった戸口先生は、カーネギーホールのピアノリサイタルが批評誌で高い評価を受け、作曲家としても、作曲したオペラ「白狐」（台本は一九一〇年代に岡倉天心がイサベラ・ガードナーの依頼で書いたもの）が、東京藝術大学での初演で、大きな賞賛を博した。

あの日、先生はピアノの前に静かに座り、一瞬の沈黙のあと「月光」を弾き始めた。静寂の中、指が鍵盤に吸い込まれるように動いてゆく。美しく沈んだ旋律が会場に響く。春の風を頬に受け、花の香りに酔っていた私の心は、忽ち曲の世界に包まれていった。こんな思いは何年ぶりだろうか。ベートーヴェンのピアノ・ソナタの中でも「月光」は、特に思い出深い曲。半世紀以上もの間、さまざまな会場で聴いた。

一九九七年、新宿朝日カルチャー音楽講座で、ピアニスト久元祐子先生の「ベートーヴェンとその時代」を聴講したことがあった。そのとき先生は「弾くたびに新しい感動があるのがベートーヴェンです」と言われた。翌年の秋、すみだトリフォニーホールで久元先生の「月光」を聴いた際も、心に染み入り感動した。また、若い日に上野の東京文化会館で、園田高弘の演奏でこの曲を聴いたときは、終演後、ピアノの響きの余韻に浸りたく、ひとり上野の森を歩いたこともあった。

戸口先生の演奏後に、再び窓の外に目をやると、春のにおいを感じさせる宵の風が吹いていた。とふいに、この曲を初めて聴いた夕べのことが脳裏に浮かんだ。会場の雰囲気が、遠い記憶に「月光」を聴いたときの、あの部屋の窓からの眺めを呼び起こさせてくれたのだろうか。

私が「月光」を初めて聴いたのは、一九五一年(昭和二十六年)成人式の夕べである。あの頃の成人式は、数え歳で行なわれていた。音楽といえば、当時、勤務していた大宮のK会社で聴いた曲くらいだった。その工場では、旋盤、プレス、ミーリングの機械で様々な部品を製作していた。そこでは生産性を上げるために、午前午後の二回、事務所から工員のリクエスト曲のレコードをかけ、スピーカーで工場内に流していた。私は工場と別棟の設計室勤務で、放送は流れてこなかったが、たまに耳にした曲は朧気だが流行歌の「湯の町エレジー」、「星の流れに」などだったと思う。

敗戦から六年後のこと、まだ食料や物資不足の時代である。私は寮のあるその会社で昼間働き、夜は定時制高校へ。音楽の授業は「流浪の民」など歌った記憶があるだけで、クラシックを聴いたことがなかった。

そんな時代、会社の労働組合が事務所二階で、新成人の組合員のために勤務時間後、《クラシックのレコード鑑賞会》を開いてくれたので出席した。検査係長のTさんが、自宅から持参したレコード。最初は、クラシックを知らない者にも親しみやすいショパンの「別れの曲」、モーツァルトの「トルコ行進曲」、ベートーヴェンの「エリーゼのために」をかけて始まった。

あの夜、生まれて初めて聴いた美しいその調べに感動した。

小休憩のとき、私は友人と離れひとり窓の外をぼんやり眺めた。事務所前には社員百数十人が集合する広場があり、その背後は灌木の植え込みのある盛り土になっていて、正面の窓からはそれらが見え、横の窓からは喬木越しにテニスコートが見える。盛り土や、灌木の上に冷たい月の光が差し込み、静寂な夜が広がっていた。

休憩が終わりTさんが、「クラシックはどうですか皆さん。今度はベートーヴェンのピアノ・ソナタ第十四番「月光」を聴きましょう。第一楽章は〈スイスの湖に映る月光に揺らぐ小舟のようだ〉、と言われている美しい曲です」と少し解説して、針をレコード盤に置いた。針がレコードの溝を回り静かな美しい旋律が流れてゆく。大勢いる新成人の男女がシーンと耳を傾けている。私も心静かに曲の調べに酔いしれた。小さな幸せな時間だった。ベートーヴェンへの扉が開かれた翌年春、私は大学進学のため会社を退職した。

ところでこの曲を初めて聴いた夕べが脳裏に甦ったのは、この演奏会の前にもあった。一九七〇年ベートーヴェン生誕二〇〇年祭の年、教育社からの依頼で、中学生向きに「ベートーヴェンとロマン・ロラン」を執筆した時のこと。当時は娘がまだ幼く、我が家でレコードを聴く時間もなかった。それで原稿を依頼された日、娘が昼寝をしている間、久々にビクターのステレオプレーヤーで、「月光」を聴いた。レコード盤に針を置こうとしたとき、突然、あの頃が思い起こされ、原稿がまとまらなかった。

それで娘が寝た夜更け数日時間をかけ、ベートーヴェンと作家ロランの生涯に思いを馳せた。田舎からパリに転居し絶望したロラン少年の魂を救ったのは、ベートーヴェンの交響曲第六番「田園」だった。彼はその音楽に惹かれ、歴史学専攻の高等師範学校時代、「月光」の音楽解釈法を学んだこともあるほどである。それで、私は「ロランが少年時代に、彼を苦悩から救ってくれたのは、ベートーヴェンの音楽であった。ベートーヴェンを聴いて、人は何のために生きるのかについて考えた」などと記した。それは中学生に好評で、ほっとしたこともささやかな思い出である。

ベートーヴェン生誕二五〇年も過ぎ、あれから半世紀も過ぎたことに感慨深い。レコードからCDプレーヤーに代わり、時代の変化を思う。ベートーヴェンのピアノ・ソナタほかのコンサートにも度々足を運んだ。交響曲なども国内外の指揮者で聴いた。交響曲第四番をレニングラード管弦楽団、カントロフ指揮。交響曲第五番「運命」は読売交響楽団、小林研一郎指揮。交響曲第六番「田園」をウィーン・フィルハーモニー管弦楽団、カール・ベーム指揮。弦楽四重奏曲の全曲連続演奏会は、津田ホールで岩淵龍太郎（ヴァイオリン）ほかの演奏。色あせた昔のプログラムを大事にしまっている。

青春時代から半世紀以上、私はベートーヴェンの音楽を聴き生きる希望を与えられてきた。その音楽家が、三十代で聴力を失った苦悩と絶望の深さ。そして五十代で肝臓病を患うなど、若い日は活字の上で理解していた。その苦渋の一部を、老いて難病を友に生きるいま、少し深く理解できるようになり、曲の背後の精神の強靱さに心打たれる。苦悩を通して「歓喜」を描き出す「第九交響曲」も、年末以外にもCDで聴き、励まされている。

そして「月光」の第一楽章が、私は特に好きである。「遅いテンポの一音一音に込められた、作曲家の孤独で絶望的な魂の発露に、悲しみを覚えながらも慰められる」と言われる曲だからである。

以前戸口先生がボストンから一時帰国し、大学で特別講義をされた折聴講したことがあった。それでコンサートのお誘いを受け、あの日の演奏を聴くことができたのである。先生は曲目解説で、「……休むことない三連音符が、嬰ハ短調という暗い調と相俟って確かに夜のたゆたう湖面を髣髴させる。その上をゆく、孤独で絶望的な白い声。その響きは宗教的でさえある」と記している。

最近は戸口先生から頂いた「月光」のＣＤに耳を傾けている。心静かに聴くたび病身が慰められ、しみじみと音楽が与えてくれる幸せを思う。

ロラン縁のパリ

ロマン・ロラン縁のパリを還暦過ぎて二度訪ねた。最初は一九九三年、「十五日間ヨーロッパ旅行」ツアーに参加の折、ヴェルサイユ宮殿やノートル・ダム大聖堂、オペラ座などを見学。二年後は一人で一週間ほど滞在して、ロラン縁の場所を訪ね歩いた。その際学生時代フランス留学した娘が、母の一人旅を心配して、夏の休暇にスイスに同行してくれ、パリでは二日間滞在してくれた。モンマルトルの丘からパリを俯瞰《ふかん》、パリ市街など説明してくれ、夕方はセーヌ川遊覧船に乗り、船上から最高裁判所や歴史を刻んだ建物など、夕陽に映える美しいパリの街が次々と視界に広がり、それらを案内してくれて翌日娘は帰国した。その後はひとり地図を片手に、地下鉄やバスで作家の足跡を訪ねた。

ロラン（一八六六～一九四四）は彼が十四歳のとき、一家でパリに転居してきた。それまでブルゴーニュ地方の田舎町で生まれ育った彼は、自然や音楽を愛し将来は音楽家志望だったが、公証人の父は反対、母は息子を高等師範学校へ入学させるためパリに来たのだった。彼はアスファルトのパリの空気に馴染めず苦悩し、カトリックの信仰を失った。入学前にスピノザを読み、シェイクスピアの劇を観て、音楽に熱中し、臨終のユゴーを見舞う。高等師範学校入学以後は、音楽の他に絵画にも魅せられ、パリは思想形成を育くんだ場所であり、卒業後はフランス政府留学生としてイタリアへ。帰国後は劇作家として活躍。後に小説『ジャン・クリフトフ』を執筆した。

―高等師範学校―　最初にロランが学び、卒業後芸術史の教授になった高等師範学校を訪ねた。中世以来の学生街カルチェ・ラタン（文教地区）は、バカンスで学生の姿はほとんど無く閑散としていた。マロニエの繁る公園を通り抜けると、校舎の上部に彫像が並ぶ十三世紀設立のソルボンヌ大学があった。ロランは母校の芸術史の講座がここに移ってから、そこで音楽史の講義をした。ロランの母校は、サント・ジュヌヴィエーヴの丘を上って、ユゴーやルソーが祀られている丸屋根のパンテオンの前の広場を曲がり、ユルム通りを真っ直ぐ歩いて奥まったところにあった。黒く高いフェンスに囲まれた、ベージュ色の落ち着いた校舎は、門の中で薄紅色の立葵の花がひっそりと咲いているだけで、パリとは思えないほど静まりかえっていた。フランスの秀才が集まるこの学校で全員寄宿生活を送り、外出には許可が必要な厳しい学校であった。入学後の彼は、歴史学科を専攻したが、寄宿舎で、同室の南フランス出身の詩人のシュアレスと親友になり、猛勉強の傍ら彼は、許可を取り寄宿舎内にピアノを入れ、夕方好きなベートーヴェンやモーツァルトを弾いていた。

入学の翌年、尊敬していた『戦争と平和』の老文豪トルストイに、「伯爵様……。私はいかに生きるべきかを知りたい」という手紙を二回出した。老文豪から「……人々を結び付けることに貢献する芸術こそ、価値があり……芸術に対する愛ではなくて、人類に対する愛である」と二十八頁に及ぶ、フランス語の返信を受け取った。日曜日には外出許可をもらい友人たちと度々音楽会や美術館へ。あるいは、母と一緒に教会へ説教を聴きに行ったことが、当時の彼の日記『ユルム街の僧院』に記されている。庭の立葵と、閉じられた窓に白いカーテンが見える校舎を眺め、一世紀以上も前、寄宿舎で友人と許可をもらいこの門を出入りしたロランを想い、門の辺りを塀に沿って歩いた。静寂なこの場所を離れるのが名残惜しい気持ちになりながら、高等師範学校を後にした。

―芸術―　その後、ロランがリスト、セザール・フランクなどの音楽を聴きに行ったサン・トュスタッシュ教会へ。かつてそこでフランクの《荘厳ミサ》を聴き、「〔至福〕に匹敵する。フランクは司法官のように立派で、指揮はゆったりとしていた」と日記に記している。当時の演奏会を想像しながら、彼は友人とどの辺りで聴いていたのかと考えながら、内陣を静かに歩いてきた。次に、サン・ジェルマン・デ・プレ教会で、パイプオルガンの演奏を聴いた。

翌日は、あいにくの雨の中、セーヌ河畔のルーブル美術館へ。世界中からの大勢の外国人観光客で賑わっていて、一時間以上の長い入場待ちの列が続いていた。偶然にも三年後ローマで再会することになる、家族旅行のイタリア人少女に、声をかけられた。館内は広く、観たい絵や彫刻がたくさんあり、ルーブルだけでも一週間くらい時間があったらと残念に思いながら、ロランが愛した作品を中心に観て歩いた。例えば、絵画ではロランは「フラ・アンジェリコの《聖母マリアの戴冠》を観ているうちに、《パルジファル》の前奏曲が聴こえ……」と書き残し、ほかにボッティチェッリの《聖母子と聖ヨハネ》、レンブラントの《よきサマリア人》など観て回る。彫刻では《ミロのヴィーナス》、そしてロランはその痛ましい姿のミケランジェロの《奴隷》に、ギリシャ芸術の純粋な「美」を感じ、生とその苦悩を見出す。どの作品も初めて実物と対面し、深い感動に包まれた。私は若い日、《ミロのヴィーナス》胸像の石膏デッサンを習ったので、大理石の全身彫像の美しさに心奪われ暫く佇んだ。

次の日は、ロランが好んだ十九世紀の画家ミレー、ゴッホ、ゴーギャン、セザンヌ、モネほかの絵をオルセー美術館で堪能した。そして、オランジュリー美術館のモネの〝睡蓮の部屋〟へ。いつも慌しく行動していたが、楕円形ホール中央にソファーがあり、腰掛けると壁一面埋め尽くす睡蓮の池に包み込まれていった。「生の一瞬の中に永遠を置き……」とロランが好んだモネの絵。私は至福のときを持てた。複製画を買い求め今でも時折、「水面にうつる柳の影、睡蓮、静寂な池」を眺めパリを懐かしんでいる。

その後、ロランが「そこにはフランスの魂がある」と言った、最高裁判所内にあるサント・シャペルへ向かった。入口は見学者の長い行列で待たされた。十三世紀に聖王ルイにより建立されたゴシック様式の礼拝堂。聖書物語が描かれた見事なステンドグラスに囲まれ、差し込む陽の光で赤、青、紫に彩られ素晴らしく、感嘆してしばし立ち止まり眺めた。たまたま隣で、日本の京都が好きだと言うアメリカ人女性も、その輝きに魅せられたようだった。記念に写真を撮り合い、パリの楽しい思い出になっている。

― 歴史学研究 ―

音楽や美術に酔うロランであるが、歴史学専攻の彼は、研究課題として十六世紀後半の宗教戦争の時代を選び、フランス大革命の不運な人たちにも心を痛め、寄宿舎から「フランス大革命博物館」を訪ねている。そして現実の社会にも冷静に目を向けていた。日曜日にはサン・シュルピス教会の説教を聴きに行っている。それでリュクサンブール公園近くの、パリ屈指のその大寺院を訪ねた。入口近くで、蠟燭を立て祈りを捧げている人々がいたので、私も蠟燭を立てお祈りをして内陣へ。そこで、百十年前ラヴィジュリー枢機卿の説教を熱心に聴いていたロランの姿を、ひとり考えていた。彼は歴史研究者の目で、枢機卿の説教

「アフリカ人の奴隷状態」の中の、「悲惨なアフリカの奴隷について」冷静に日記に書き留めているが、あのときのロランの胸奥がより私の心に届いた。

それから〝戦士の塀〟に向かった。ペール・ラシェーズ墓地の奥の塀。そこは、パリ・コミューン（一八七一年に起きた世界初の労働者による社会主義革命）で敗北した、最後の兵士たち百五十人ほどが、一列に並ばされ銃殺された〝塀〟である。同じ墓地内にあるショパンやバルザックなどの墓に詣でるため、大勢の人が行き交っていた。しかし、そこを通り抜け奥に行くと、かつてロランが訪れた〝戦士の塀〟には今は訪れる人も無く、枝を四方に伸ばし葉を繁らせたマロニエの老樹が、その塀を見守っているだけだった。私はここを訪れた歴史学者の愛を想った。

― フランス革命劇縁の場所 ―　ロランは音楽学者や作家の前に戯曲家で、フランス革命劇『ダントン』、『七月十四日』などを執筆している。それで、ダントン、ロベスピエールが処刑される前、留置されていた最高裁判所へも行ったが、その頃パリでテロ事件があり、牢獄見学入口ではハンドバッグの中まで手荷物検査する物々しさ。見学者中、女性は私一人だった。王妃、マリーアントワネットが投獄された独房は、薄暗い小部屋に王妃や監視員の模型姿があった。ダントンなどの独房は狭い地下牢で、冷たい空気が漂い他に見学者はなかった。

次に戯曲を執筆した場所へ。イタリア留学を終え帰国したロランは、翌年にピアニストのクロチルドと結婚。その際妻の父は結婚の条件として、ロランが博士になることとした。それで、「近代音楽劇の起源」で博士号を取得した。静かなノートル・ダム・デ・シャン街の新居を訪ねると、建物の奥にアカシアの木が繁る門が見えた。妻は夫と一緒に華やかな社交界に出席したいと考えていた。しかし夫は、部屋に籠もりフランス革命劇『ダントン』など執筆、三十五歳で離婚した。

―『ジャン・クリストフ』執筆の場所―

翌日、離婚後、小説『ジャン・クリストフ』を執筆した、モンパルナス街の小さなアパルトマンへ向かった。入口の隅でしばし立ち止まり、私が青春時代に出会い、終生の書となる作品を執筆した著者が、一九〇一年から一九一四年までここを出入りしていたことを思い、感慨無量になった。そこは車の往来が激しい大通りに面していた。だが裏手は修道院の庭で、樹齢二百年経つ大きな木々が小鳥たちの住処になっていたという。その五階の小さな部屋で夜、面会謝絶にしてひとりこの大河小説を十年かけて完成させた。〈朝食は、パンの切れ端を小鳥たちに与えながら、一緒に食事をしている〉と、心の友ソフィーアに手紙を書き送っている。

私は通りの反対側のカフェに入り、珈琲カップを手に作家の姿を想いながら、ひと息ついた。昼間はソルボンヌ（パリ大学）で、ピアノを弾きながらの音楽史講座が人気だったロラン教授。ジイドもそれを聴いていたという。そして夜はひとり、ベートーヴェンの生涯を暗喩している小説に向かう、孤独な作家の姿を想った。ロランはイタリア留学中、ジャン・クリフトフをローマのジャニコロの丘で誕生させた。私は、ローマを訪ねた時、そこも訪ねて来た。また、直径十メートル近い素晴らしい薔薇窓があるノートル・ダム大聖堂では、観光客で混雑する中、この小説の初版本に象徴的に採用されたという、内陣入口の聖クリフトフ像の台座に刻まれている銘文を、やっと観ることもできた。私は今回、作家の住まいを訪ねて、旅でも最大の目的を果たせてうれしく、美味な珈琲をゆっくり飲みほした。そしていずれこの小説を再読しようと思った。

― サン・ジェルヴェ教会 ―　その後、セーヌ川右岸にある十七世紀建立のサン・ジェルヴェ教会に足を運んだ。そこは、ロランの短編小説『ピエールとリュース』縁の教会である。現在は修復されているが、第一次大戦中教会でミサの最中、ドイツ軍機の爆弾投下により、大勢の人々が犠牲になった教会。ロランは第一次大戦中ドイツとの戦争に反対して、中立国スイスに亡命していた。そして戦時中、この武力抗争が本当に国民のためではないとし、フランスとドイツの融和を希求し、さらにヨーロッパの平和をと『戦いを超えて』を出版した。ドイツと戦っている祖国フランスからは、祖国喪失者、裏切り者の汚名をきせられる。それでも平和や深い人間愛のため、戦後すぐに、この教会での戦争中の悲劇を題材にして、戦争が如何に人間性を蝕んでいくかを描いている。主人公の十八歳のピエールはリュクサンブール公園でリュースと大戦中に出会い、数週間後パリ空襲下の教会で、入隊前の恋人たちが別れを惜しんでいる時、ドイツ軍機の爆撃で二人は爆死したという物語。若い命の最期をこの教会にして、大戦後の一九二〇年、小品を発表した。

教会に着いて驚いたのは、そこに人影がなく無人の教会だったこと。パリで訪ねた寺院や教会はどこも観光客や礼拝の人で賑わっていたのに、この教会では、人は早朝に祈りを捧げに来るのだろうか。私は、開いていた扉から教会の中に入り片隅の椅子に腰掛け、ひとときここで、戦時中犠牲になった人々へ鎮魂の思いを込め黙祷した。少し経って、大戦後修復された教会の天窓などをじっと眺め、この小説を想っていた。ふっとドイツ軍機の爆弾投下の音が甦った。それは太平洋戦争中の一九四四年、軍需工場地帯の川崎で、私自身が経験したアメリカ軍機からのあの音であった。あれから半世紀以上経って、この教会を訪ねて記憶が呼び戻された。

かつて、日本でも敗戦後、この小説を翻案して、空襲下の東京を舞台に、戦争で引き裂かれた若者の恋を描いた「また逢う日まで」（今井正監督一九五〇年上映映画）が映画化された。当時この映画を観て、ロランの平和思想の底辺にある深い人間愛に心惹かれている。いつの時代でも戦争というものは、人間の殺戮であり凄惨である。平和の言葉の重みを噛みしめながら、昼下がり静まりかえった教会に一礼してその場を後にした。

リュクサンブール公園

— リュクサンブール公園 — 自然や草花を愛したロランはこの公園を愛し、公園の周囲で数回転居している。私は、そこを訪ねるため公園内を通った。ロランは心の友ソフィーアに「リュクサンブールの茂みには新芽がでています。毎朝、私は隣人であるこの美しい公園を散歩します」と報告している。公園でひと休みした時、私のロラン研究を励まして下さった俳人で英語の恩師が、

実生マロニエ雨夕映はパリを罩《こ》め　榧夫

と、旅先のパリから俳句のお便りを下さったことが思い出された。先生亡き今、旅のご報告ができない寂しさを感じ、マロニエの木立を見つめた。

パリ滞在の最後の日も、川岸の古本屋で本を買った帰り公園を訪れた。中央の広々とした芝生の周囲には、紅、黄色のコスモス、白いマーガレットなど、色とりどりの花が咲き競う傍のベンチで、恋人たちが愉しそうに語らっていた。私はその隅のベンチで少し休息してから、傍にいたカップルに、「すみませんが、リュクサンブール宮殿を背景に、この花壇を入れて写真を撮って下さい」と頼んだ。すると青年がすぐシャッターを切ってくれた。私が「メルスィボークー《ありがとうございました》」とお礼を言うと、微笑みながら「オルヴォワール《さようなら》」と言い、すぐ恋人の元へ。平和のなんと和やかなことであろうか。敗戦後の苦難の青春時代に、ロランの著作に出会い、還暦過ぎにその縁の地を訪ねられて喜びもひとしおだった。そして作家が愛した公園に心の中で、「アデュー《永遠にさようなら》」と別れを告げ、帰国便に間に合うよう急いでホテルに戻った。

ローマで偶然頂いたお名刺

旅先で、印象に残る経験をした。二十世紀も末の一九九八年の春。還暦半ばを過ぎた私は、調べている作家ロマン・ロランの縁の地ローマを訪れていた。初日のガイドKさんは三歳からローマ育ちの女性だった。

百十年ほど前、作家がローマ留学中、研究の合間に散歩した、市街が見渡せるピンチョの丘などを案内してくれた。作家が第二の母と呼んだ、七十代の理想主義者マルヴィーダが住んでいた、ヴィア・デラ・ポルヴェリエラという古い住居を探すのには苦労した。方々探し歩き、古代ローマの円形闘技場コロッセオとモーゼ像のある教会の近くで、やっとそれらしい古びた建物が見つかった。ちょうどその建物のドアを開けている老人がいたので、早速彼女が、彼に理由を話し見学を頼むと、部屋の外なら良いとのことであった。

建物に入ると擦り減った石段が見えた。四半世紀以上も、いずれ訪れたいという夢が実現し私は深い感動を覚えた。かつて昼間の研究を終えた若いロランが、音楽を愛する第二の母のためにピアノを弾き、文学を語り合い、十代後半の初恋の人ソフィーアとも出会えた部屋に通じる石段である。私は、ロランが上り下りした擦り減った石段で暫く佇んだ。

その帰りのことである。ガイドさんが煉瓦造りの古風な建物の前で、「ここは決して日本人の来ないレストランですが、ここでランチいいですか」と訊いた。私はローマにはスリが多いと聞き、ジャンパーにスラックス、皮靴のウォーキングシューズ、大きなショルダーバッグ姿だった。それで服装が気になったが、「いいですよ」と返事をした。

外壁にはメニューの表示がなく、何の装飾もない。アーチ型正面奥に入口があった。高級レストランのようで、通路をはさんで四人がけテーブルが数か所みえる。上品な服装の紳士方、通路の片側からはイタリア語、反対側はフランス語が耳に入る。斜め奥ではドレスアップした初老の家族がにこやかに食事中だった。

ガイドのKさんは辺りを見ながら「このテーブルどうですか」と、入口近くのテーブルを指差して言った。私は、場違いな服装を気にしながらも、入口に背を向けて椅子に腰を下ろした。ボーイさんがメニューを持ってくると、彼女は、それを開いて私に見せ「何にしますか」と訊いてくれたが、私はイタリア語も料理も分からないので、「あなたのお好きなのを頼んで下さい」と言った。彼女は注文を済ませると、「私は、日本語は日常会話程度で、抽象的な言葉や漢字は分からない。アルバイトで日本人の観光ガイドは、ヴァチカンやトレビの泉ほか名所巡り、ランチは日本人のいる観光レストランが定番で、今日訪ねた場所は初めてだった」と話した。

その間、入口から三三五五ネクタイにスーツ姿の壮年や初老の紳士が、英語、イタリア語、ドイツ語ほか、物静かに話しながら入ってきては、私たちのテーブルの傍を通り奥の部屋の方へ入っていく。私がそれを物珍しく眺めていたとき、ボーイさんが美味な前菜を運んできた。薄皮を剝いた冷えた丸ごとのトマトほか彩り美しい前菜。Kさんが「食べましょうか」。「このようなお料理は日本では頂いたことがない」と私。

「日本からいらしたのですか」とふいに、背後から日本語の低い声がした。驚いて振り返ると、ネクタイでなく、黒衣で衿が白カラーのイタリア人神父様が立っていた。再び驚いて座ったままでは失礼なので、すぐ立ち上がり、「はい、そうでございます。W大で調べておりました作家の、ローマ縁の地を歩かせて頂いております」とお答えした。

すると、神父様は思いもかけない場所で、日本語を聞けたのと、W大S総長との思い出を懐かしく思われたのか、胸の内ポケットから名刺を出し、「今日はたまたま国際会議のホスト役でこれから奥に参りますが、W大のS総長とも名刺交換しております。良いご研究を……」と私に手渡して下さった。

「有り難う存じます」と私がお礼を申し上げると、急いで奥に入っていかれた。お名刺のお名前を拝見して感激した私は、それを掌に載せたまま呆然としていた。

ガイドのKさんは、私と神父様の会話の内容が良く理解できなかったのか、お名刺の主が誰であるか分からず、「早く食べないと次がきます」とせかせる。私はその日のランチをどのように頂いたのか、支払いもユーロになる前のことイタリアリラで、私の財布からいくら支払ってもらったのか、今でも思い出せない。

Kさん自身も「日本人の来ないレストランにお連れしたのに、見知らぬイタリア人が、ガイドを頼まれたお客さんと何か日本語で話をして、名刺を差し出すのを見てびっくりした」と、予期せぬ出来事に驚いていた。

お名刺の主は、ピタウ神父様であった。上等な和紙のお名刺。印刷されたイタリア語は一字も読めないが、中ほどにヨゼフ・ピタウ、少し下にグレゴリアン大学学長と日本語が印刷されていた。かつてW大学大学院時代、私は日本フランス語フランス文学会の際、上智大学学長ピタウ神父様のお名前は存じ上げていたが、信者ではないので、イタリアに帰国されたことも知らず驚きだった。それに一面識もない私は、お名刺を頂けたことに、驚きと感謝の念で胸が一杯になった。それを大事にしまった。

翌日は、五十代のガイドSさんに案内してもらった。作家が愛したヴァチカン美術館やシスティーナ礼拝堂で、ミケランジェロの《最後の審判》を観た後、パンフィーリ公園に向かうため、タクシーを待たせていて、宮殿の外に急いで出た。

そのときだった。ガイドさんが宮殿の正面で急に一人の神父様に声を掛けられた。何枚か日本語のサインを頼まれたらしい。すると、Sさんは「自分はイタリアに来て年月が長く、日本語を書くのがおぼつかないので」と、咄嗟に私を指差して、「グレゴリアン大学学長にお名刺頂いた、このロラン研究者に……」と言った。

しかし、達筆だった父に似ず、生前父に「お前は大学まで行きみみずのような字を書く」と言われた私が、外国で字を書くことを頼まれるなど想像外のこと。そんな私の心を知らず白髪の神父様は、日本語で、「わたくしも、かつて上智で教えておりました。これ、数枚よろしくお願いします」と、深々と頭を下げる。後ろに従えた数人の四十代の修道士の方々も礼をする。

突然私に渡された上品なカード。中心部分をあけ、イタリア語が書かれている。そこに「有り難うございました」と、日本語で書くことを頼まれたのである。そこはヴァチカン宮殿の正面入口。宮殿に入る世界各国の背の高い観光客が、私の背後から物珍しそうに覗いていく。ペンが震えないように心静めて書いた数分が、長く感じられた。書き終わってホッとして、「下手で恐縮です」とお渡しすると、遠慮がちに「もう数枚よろしいでしょうか」と出された。タクシーを待たせている私は、困惑したが下手ながら丁寧に書いてお渡しした後、二人で車へと走った。

その日のランチは、ロランが留学中滞在した、ファルネーゼ宮殿前広場に面したレストランでとった。客席は満席で、日本人はいないが、各国の観光客が楽しそうに語らいながら美味な料理を食べていた。そこの並びにある十八世紀の古いアパルトマンの三階が、Sさん宅で、食後、自宅に案内してくれた。

古風な鉄格子のエレベータに乗りながら彼女は、「管理人のおじいさんは、留学中のロランに会ったことがあるかも」と話した。国際結婚の米国人の夫は、宗教映画の制作者とのこと。私に映画を是非観て欲しいと言う。私も折角の機会で観たい思いは強いが、一か所でも多く作家縁の地を訪ねたく、残念だったが辞退した。

その後タクシーで、アッピア旧街道その他を巡った。遅くなって城壁の外にあるサン・ロレンツォフォーリ・レ・ムーラ教会に着いたときには、既に教会は閉じられていた。私が外観だけでも眺められて良かったと思っていると、Sさんに「ピタウ神父様のお名刺を」と言われて渡した。間もなく傍の修道院から、Sさんと顎髭の長い修道士さんが一緒に出てきて、彼女はタクシーの手配のため外にいて、修道士さんが私一人ために教会の扉の鍵を開けてくれ、見て回る間入口で立って待っていて下さった。

八世紀建立の教会は、作家がローマで一番愛した教会で、無人の教会内は静寂な空気に包まれていた。内陣は十字架のみの主祭壇と、十三世紀の朗読台。その近くの階段中ほどに十字架上のキリストの彫像。その前には献花が一つ置かれ、他には一切の装飾がない。夕陽が格子の明かり窓を通って差し込み、それらを照らしていた。

私は唯一人それらを眺めながら歩いていると、留学中の若いロランが、フランスから訪れた最愛の母や妹に、説明して歩いている姿がそこにあるような錯覚を覚えた。そして、ロランがひとりで訪れた時も想起され、彼が愛したバッハの《マタイ受難曲》に包まれているような感慨に耽った。

ふと振り返ると、入口の直立姿の修道士さんに気がつき、慌てて深々と頭を下げ、不慣れなイタリア語で「グラッツィエ《ありがとうございました》」とお礼を述べて教会を辞した。

帰国後私は、Fカトリック教会の婦人部長で、S女子大で教えていた友人のTさんに、ローマで頂いたお名刺のことを話した。後日、彼女が「あなたがローマでお会いになり、お名刺を頂いた神父様はこの方でしょ」と、カトリック新聞一九九九年一月の切り抜きを送ってくれた。見出しは次のように始まっている。

「教皇庁教育省局長G・ピタウ大司教来日
……ピタウ大司教は上智大学の要職を退任後、教皇庁立グレゴリオ大学の学長ならびに……、昨年七月十二日に、教皇ヨハネ・パウロ二世によって教皇庁教育省局長に任命され、同時に大司教に挙げられた。……
(1月3日、麹町教会でのミサで会衆に語りかけるピタウ大司教　写真提供・同教会)」

と記されていた。

一九九八年の春、イタリア旅行中ローマでの偶然の出会い。見知らぬ私に「良いご研究を……」と、お名刺を下さったグレゴリアン大学学長が、夏には大司教になられた記事を拝見してまた驚き、すぐTさんに記事のお礼の電話をした。

すると彼女は、「旅先で偶然の出会いで、お名刺を頂けたあなたは幸せね。でも還暦を過ぎてひとりで、作家縁のローマを巡る、あなたの研究心を感じられたから下さったと思うのよ。

サン・ロレンツォフォーリ・レ・ムーラ教会を開けて頂けたのは、お名刺のお陰ね。ロランが愛した教会の内陣を観られて、良かったわね」と喜んでくれた。

本当に人は一生にいろいろな方に出会い、悲喜こもごもあるが、旅先のローマで偶然頂いたお名刺のことは、卒寿の今も忘れがたい出来事である。

「つぼ八」の箸袋

還暦半ばから十年ほど、ロマン・ロランの博士論文の訳者で、音楽評論家戸口幸策先生の講義を聴講させて頂いた。一九九八年、朝日カルチャーの「イタリア音楽の歴史」講座の初日。私は先生に「楽譜もオペラのことも分からないのですが、ロランを調べている者で、先生が訳された『近代音楽劇の起源』を読ませて頂き、この春には作家縁のイタリアを訪ねて参りました。それで、音楽学者としてのロランの一端が理解できればと受講致しました」と申し上げると、「読んで下さって有り難うございます」と先生に言われた。

聴講生は、主に音楽研究者のようであった。毎回イタリア語、ラテン語の楽譜を配布し講義をされる。たまたま隣席の方は、若い日ローマ大学医学部に留学された、音楽が趣味のK先生だった。医学部教授を定年になり時間が取れたので、講義を聴きに来られたという。配られた楽譜のプリントについて先生が説明された箇所を、K先生が私に補って教えて下さり、グレゴリオ聖歌の変遷を少し理解できて、そのご親切は恐縮しながらも嬉しいことであった。

一年間の講義の最終日に、聴講生の一人Yさんから、戸口先生が講義をされている調布の、

「西洋音楽史同好会」への入会を勧められた。私はロランがベートーヴェン研究の前に、ワーグナーのオペラに心惹かれていた点を知りたいと思い、思わず先生に「会ではワーグナーのご講義がありますでしょうか」とお訊ねした。すると先生は「ワーグナーの作品は長いのでできない」と言われた。そのことが少し残念なのと、調布の会場が遠くて通えるか迷ったが、ロランの音楽論が少しでも理解できたらと思い、入会させて頂いた。

会は元編集者、ピアノ教師、技師、教師など多彩な方々の集まりで、皆さん音楽がお好きで、合唱団やオペラの会員の方もいた。登戸混声合唱団の幹事をしているYさんは、川崎市多摩市民館大ホールで、グレゴリオ聖歌、日本の歌曲の合唱祭を開催。海外でも、ドイツで当地教会の聖歌隊と一緒に歌い、イタリアでも聖歌隊とグレゴリオ聖歌を合唱したという。他にKさんの指揮する混声合唱団も、アルトのTさん、バスのCさん参加による、バッハの《ロ短調ミサ曲》の演奏会を府中の森芸術劇場ウィーンホールで開催。私はいずれもチケットを購入して聴いた。「イタリア音楽の歴史」を聴講したご縁で、お誘いを受け入会した会で、こうした合唱団で活躍されている方々にも出会えた。

同好会は年間十回あり、毎回の講義は、例えばグレゴリオ聖歌、モーツァルトの《グレートミサ曲》、《レクイエム》、バロック時代のソナタ、モーツァルトとベートーヴェンのピアノ協奏曲第一楽章（K491と第三番、共にハ短調の曲）の比較、教会ソナタについて、各々の音楽形式、時代背景を学びながら、CDを聴き先生が解説をされる。また様々なオペラ映像観賞などを通して講義後、皆さん熱心に質問していた。会で中間、期末テストがあれば、私は半年も在籍できなかったところだが、ただ先生の講義や会員の質問をオブザーバーで聞いていたので、十年も在籍させて頂けたのである。

私は、必要な箇所をメモして、音楽事典や戸口幸策著『オペラの誕生』で調べ、ロランに関する本をまとめる助けになればと出席していた。二〇〇二年NHKホールで、バレンボイム指揮、ベルリン国立歌劇場による、ワーグナーの《ニーベルングの指輪》の日本公演が行われ観に行った。このとき劇中（森のささやき）の場面で、主人公の英雄が吹く〝楽器〟の名前が分からず、先生に教えて頂いたこともあった。また、会に通っていた頃、先生の著書『音の波間で』の中の「ロマン・ロランと音楽」で、〈音楽史家としてのロラン〉に言及されている箇所を、拙著『ロマン・ロランの風景』に引用させて頂いた。ご多忙の折、先生には拙著の音楽関係の箇所の原稿をお読み頂き、拙著が上梓できたことも心から感謝している。

ところで、同好会ではお正月は新年会、夏は暑気払いと親睦の会があった。暑気払いは、講義の後に調布の「つぼ八」へ。途中入会で、楽譜も不案内で音痴の私は、元々コーラスやオペラの会は遠い存在で、それにお酒が飲めない。会場入口のテーブル隅の席で、ウーロン茶を飲みながら、皆さんの話を聞いていた。鳥肉を焼くもうもうと煙が漂う廊下からお酒、ビール、おつまみなど次々と注文の品が運ばれてくる。それらをテーブルの中ほどへ渡していた。お酒のお好きな先生を囲み、幹事やその他役員の方々と音楽論や世間話に花が咲く。男性が多い同好会なので、皆さんとおいしそうにお酒を傾けながら、先生は愉しそうにイタリア滞在のことや、半世紀近く前、五〇日近くかかった船旅でのイタリア留学の思い出話をされていた。

入会して七年経った暑気払いでのこと。お酒も進む中、先生の話が西洋中世音楽に関する資料に及んだのだが、そのときメモするため、私は急いでバックからメモ帳を取り出そうとするが、慌てていると見つからない。すると、いつもメモをしている私に気づかれた先生は、一合升の中になみなみとお酒が注がれたガラスのコップに片手を伸ばしながら、「なんでもいいです。あるもので」とおっしゃり、傍にあった「つぼ八」の箸袋に、鉛筆でさらさらと話のポイントを走り書きされ、渡して下さった。私はその裏に「二〇〇五、七、一九　暑気払の折」と記した。

その翌年、会は百回記念（十周年）を迎え、信州原村の弦楽器工房見学の一泊旅行があり参加した。小型バス一台で八ヶ岳山麓原村へ。その工房で使用する材料は、イタリア・フィレンツェの田舎の教会を取り壊した古材とのこと。それを船で輸送し、何年も乾燥させて使用するという。製作者から細かな製作過程の苦心談も興味深く聴いた。工房の周りに咲く白い二輪草、朱色の草木瓜の花が、フィレンツェの教会の古材とともに旅の印象に残っている。宿は趣のある樅の木荘だった。その夜の宴会は十周年記念とあって、工房の製作者も参加され盛況だった。翌朝、朝湯のあと女性数人で散歩した。一人が歌をハミングすると、皆それに続いた。さすが合唱団の人たちで、愉しい朝の散歩だった。

ところで、その翌年の夏、先生からお電話があり驚いた。ロランが博士論文で触れているドメニコ・スカルラッティの没後二五〇年記念で、日本で「スカルラッティ音楽祭二〇〇七」が開催される。イタリア文化会館アニェッリ・ホールで、スカルラッティのオペラ日本初演があるという、嬉しいお知らせだった。因みに先生はイタリア政府より、カヴァリエーレ（ナイト）勲章を受章されていて、その音楽祭の名誉実行委員長でいらした。

音楽祭のパンフレットの「ご挨拶」の中で先生は「バッハ、ヘンデルと同年の生まれであり、十八世紀前半に素晴らしい音楽活動を展開しながらも、その主たる創作活動が未来を切り拓くものであったばかりに、ともすれば、バロック様式の金字塔を打ち立てたドイツの巨匠たちの影に隠れていたドメーニコ・スカルラッティの音楽の先進性、煌めくばかりの多彩さに、私たちは改めて驚嘆の念を禁じ得ないことでしょう」と記している。

私はバッハが好きでよく聴いていたが、バッハと同時代のスカルラッティなのに、初めてこの作曲家の作品を聴く。『世俗声楽曲コンサート』と題され、カンタータ《恋文》、シンフォーニア第四番歌劇《復位したオッターヴィア》が演奏された。バロック時代の古楽器演奏、ソプラノ、アルト、テノールの素晴らしい声量に心震えた。丁度、先生の講義を聴講してから十年経った年に、ロランの博士論文に関してスカルラッティの音楽劇を観られた喜びはひとしおだった。お電話の労をお取り下さった先生に感謝しながら、初めて聴いた古楽器演奏の美しい調べの余韻を胸に会場を後にした。貴重な音楽劇を見ることができた良い思い出である。

その後も先生は、同好会では触れられないイタリア音楽について、大学の依頼で講演されるとき、そのつどお知らせ下さり聴講させて頂いていた。そして、先生との様々な思い出を振り返る中でも特にあの、「つぼ八」の箸袋のお心遣いを頂いた会は忘れがたい。

あれから長い歳月が流れ、大切にとってある箸袋は、黄ばんできている。卒寿の今、折々それを眺めると、今は亡き恩師の温かなご好意が思い起こされ感謝の念に包まれる。

ある指揮者からのお電話

庭の水まきをしながら、木々の緑は日ごと濃くなっていくようだった。足下の小さな草花を見ていると、いっとき病を忘れる。通院とリハビリ中心のデイサービスに行き、たまに娘や妹とコンサートに行くのを唯一の楽しみにしていたものだった。

そんなとき、二〇一八年六月、ある指揮者から突然お電話を頂いた。たまたまその日は通院日だったが、体が不自由で庭の水まきに時間がかかり、私は慌てて外出の支度をしていた。そこにリーンリン・リリンと電話が鳴り響く。

急いで受話器をとり、「はい、Sでございます」と言った。電話というと、最近は家の修理の勧誘などで女姓の声が多い。その電話の向こうは男性で初め間違い電話だと思い、切ろうとした。すると受話器の向こうから「もしもしSさんのお宅ですか」と念を押す低い声に続いて、「指揮者のK・Kです。いま、東京文化会館でリハーサルを終えて電話をしています」。

耳が遠い私は驚き、聞き違いでは、と思った。が、電話の主はさらに続けて、「四月のサントリーホールのコンサートの後、東京を留守にしておりました。あれから名古屋フィルほか指揮をして来まして、先日東京に戻りましたら、あなたの『ロマン・ロランの風景』があり、驚きました。私はロランが好きなので、すぐ読み始めました。忙しくてまだ読み終わらないのですが、静かな文体で、音楽を愛するロランが読者に伝わる本です。ありがとうございました。それで早速ですがそのお礼に、今夜のコンサートのプログラムにベートーヴェンがあるので、ご招待をと、急いで電話をしています」。

その年の二月、文京シビックホールで、東京フィル小林研一郎指揮で、スメタナ作曲「わが祖国」全曲を聴いていた。八十六歳の誕生日祝に行ったのだった。かつて池袋の東京芸術劇場でも、チェコの悲惨な歴史の解説を聴いた後、日本フィルで、小林研一郎指揮の「わが祖国」の一部「高い城」、「ボヘミアの森と草原から」を聴いたことがあった。その熱演奏が忘れがたく、いつか全曲を聴きたいと思っていた。炎の指揮者による演奏で、スメタナの深い魂の世界に誘われ豊饒な時間だった。病を忘れ、曲の世界に浸れた時間、嬉しい誕生日祝になっていた。

また四月にも、サントリーホールで、読売フィルでベートーヴェンの交響曲第五番「運命」を聴いた。小林研一郎の渾身のタクトによるオーケストラの響きがホールを満たす。高齢に追い討ちをかける病魔に沈んでいた心に、慰めと励ましを与えられ、私は深い喜びに包まれた。

杖を頼りにひとり病身を押して足を運んだ甲斐があった。

演奏前、曲目について指揮者が解説された。前方の席ではあったが残念なことに耳が遠いために、そのとき話の途中、「ロマン・ロラン……」という言葉は聞き取れたが、あとは分からなかったことがあった。私にとって懐かしい〝ロマン・ロラン〟に触れて解説されたらしいことが分かり嬉しかった。休憩時間に、話の内容について隣席の方に訊いたが、その方も聞きそびれたという。とても残念に思い、サントリーホール出口でもスタッフに訊いたが、そのスタッフは、「分からないので、楽団員の方にお尋ねになったらいかがですか」という。「私は楽器関係の質問でないので」と、その日はそのまま会場を後にした。

その日のベートーヴェンの「運命」の演奏を反芻した。この曲が好きで、様々なコンサートで何度も聴いている。指揮者がどのように解説されるか、指揮者のベートーヴェンへの想いも、ぜひ聴きたいと思っていたが耳が遠く残念であった。それで目次だけでもご覧頂ければと、失礼を省みず古希過ぎに上梓した拙著『ロマン・ロランの風景』を、ご多忙の小林研一郎先生宛に、日本フィルハーモニー交響楽団指揮者室に送った。

お電話を頂いた日は、あの日から二か月経った頃である。お読み捨て下さるだけでも嬉しいことだったのに、コンサートへのご招待のお電話に感激し、感謝の心で満たされた。リハーサル後でお疲れのところ、わざわざお電話を下さったこと。米寿も間近な私は、受話器の前で、我を忘れ、深々とおじぎをしながら、「この度はご多忙の折、拙著をお読み下さり有り難うございました。私は折々、先生のコンサートを楽しみに聴かせて頂いております。二月も文京シビックホールで、先生のお話と「わが祖国」全曲の演奏をお聴きできて、感謝申し上げております。また以前、東京文化会館での、夜半まで続く年末恒例「ベートーヴェン全交響曲演奏会」では、至福の時間を過ごさせて頂き、それに今夜のご招待も有り難うございます。心から感謝申し上げます。折角ですのに、たまたまこれから病院に出かけるところなので」と申し上げた。心配された先生は、「何の病気ですか」と訊いて下さり、私が「パーキンソン……」とお答えすると、「そうですか、知人にもパーキンソンの人がいます。くれぐれもお大事にしてください」とお気遣い下さった後、先生ご自身とロランの関わりを話された。

「私は小学校高学年のとき、ロマン・ロランの『ベートーヴェンの生涯』を読んで好きになった。九歳の時にラジオで聞いたベートーヴェンの交響曲「第九」……で音楽の世界へ」と、受話器の奥から低い声。小学生でロランとベートーヴェンの音楽に魅せられた先生の聡明さに驚嘆し、先生の胸底に存在する、音楽に対する熱いパッションに納得した。そのことをお聞きできて、少し緊張がほぐれた私は、自分自身のことも話し、私が初めてロランの作品に出会ったのは青春時代で、ベートーヴェンの音楽を聴いたのもその頃で、クラシックのレコード盤で、ピアノ・ソナタ第十四番「月光」だったことなども話した。その後ベートーヴェンの交響曲も聴き、音楽に魅せられ励まされています、と伝えた。そしてロランの思索の泉に佇み、拙著は還暦過ぎにロランゆかりのヨーロッパを訪ね執筆したこと、病身で夜の演奏会は聴きに行けないので、娘や妹に同伴してもらい昼のコンサートに行っている、と申し上げた。すると先生は「また、昼の演奏会にどうぞ」と言われた。

指揮者からお電話を頂いた興奮が収まったその夜、この指揮者に出会った最初の演奏会を懐かしく振り返った。あれは一九七九年一月六日、上野の東京文化会館での新春都民コンサート。小林研一郎指揮で、曲目はベートーヴェンの交響曲第六番「田園」だった。当時ヴァイオリンを習い始めた小学生の娘と一緒に聴いた。大ホールは新春のコンサートらしく晴れ着姿の聴衆で華やいでいた。開演のベルが鳴り終わり静まりかえる会場に、颯爽とオーケストラの前に現れた、初めて見る小林研一郎の凛とした姿。指揮棒から繰り出される演奏は、若々しく愉しいコンサートで、特に思い出が深い。その年は年末もベートーヴェンの交響曲第九番を東京文化会館で聴いた。あの年は、新春と年末に小林研一郎の指揮を堪能した。以後、指揮者の演奏会を四十年近く聴いてきた。その折々の演奏会が、走馬灯のように脳裏に去来する。

指揮者からの突然のお電話で、折角好きなベートーヴェンの演奏会へのご招待を頂いたのに、病身で聴きに行くことができず残念だった。しかし拙著執筆中の苦渋の日々が報われたような思いで、嬉しさが込み上げてきた。

頂いたカレンダー

これまで頂いたカレンダーには、様々な思い出がある。友人のエジプト土産の、パピルスに象形文字が入ったカレンダー。通院していた歯科医院から頂いた、風景写真のカレンダー。湖畔の落葉松林、前面に紅色のヤナギランの群生、湖面に白い雲の影が浮かんでいる。それは四半世紀経つ今も家の階段の壁に掛け眺めている。

定時制高校の西洋史の恩師K先生は、後にシドニーに移られ大学教授定年後もシドニーに在住されている。『南の国もよいけれど』を上梓され、読ませて頂いた。先生は拙著『ロマン・ロランの風景』をお読み下さり、礼状に美しいシドニーの風景写真のカレンダーが同封され、「是非オーストラリアに遊びに来て下さい」と書き添えられていた。それを眺めるたび、観光というより、当時単位のため授業を受けた先生に、卒業後半世紀経って、先生が歴史から学ばれたもの、なぜ永住をされたのかお訊きしたく、訪ねたいと思ったものである。

そんないろいろなカレンダーの中で、唯一壁に掛けずに、書机の傍に置いているものがある。拙著『ロマン・ロランの風景』をお読み下さった、京都のO先生から頂いたものである。

先生から日仏文化交流のため、関西日仏学館ホールで行われる、「ロマン・ロランと日本人たち」の講演の案内状を頂いたことがあった。その欄外に、「貴書に生き生きと画かれたレマン湖畔やクラムシーやの風光に教えられつつ、ロマン・ロランの生きた姿の跡を歩くつもりです」と、ペンで添え書きがされていた。

私は十数年ぶりに京都へ行き、O先生の講演を聴いた。そしてその年末、大きな封書が届いた。同封されていたカレンダーの上部には、ONO ZENJI CALENDARのタイトルと、そのすぐ下に2009。中央の写真下には尾埜善司写真集Ⅷと印刷され、達筆な自筆で〝ロマン・ロランと歩く〟と、上部同様の金色文字で書かれている。中央には縦十六センチ、横二十四センチの、ロマン・ロラン縁の地で撮った先生渾身の作品、「レマン湖の夕映え（ヴィルヌーヴ）」が収まっている。先の添え書きの初めに「レマン湖畔」とあり、拙著をお読み下さった際も、レマン湖畔を印象深く思われたのではないかと嬉しく思った。

カレンダーのあとがきに、「青春時代に『ジャン・クリストフ』や「反戦論文」を「あたまで熱読し」と記されたO先生は、春青時代からロランの作品を熱読され、後に弁護士、大阪国際大学教授の傍ら、ロマン・ロラン研究所理事長を二〇〇七年に交代されるまで、十九年間在任されていた。玄人はだしの写真に彩られたカレンダーで、ロランに心をよせて歩き撮られた写真集であった。

またあとがき「ロマン・ロランと眺める」には、（表紙、3月）「レマン湖のかなた、モンブランの重層の山肌、澄み切って光る水面、微妙に移る雲の風情」、（2月）「レマン湖畔シオン城（スイス）は、ロランが眺めていた通り、えも言えぬ絶景である。……湖畔をロマン・ロランと歩いた」と感慨を記している。私もスイスのオルガ荘を船で訪ねた際、バイロンの詩で有名なシオン城を見たのでひとしお懐かしかった。

私自身も若い日にロランの著作に出会い、その著者の泉を飲み、還暦を過ぎた一九九五年、スイスでは、湖の夕映えを心置きなく眺め、静寂な朝の湖畔を歩きたくて、湖畔のホテルに泊まったのだった。表紙を眺めながら思いを巡らす。西洋の良心と言われたロランのオルガ荘には、洋の東西を問わず要人たちが訪問し、社会や平和問題についてロランと対談。ツヴァイク、インドのガンディー、タゴール、ネール。日本人は片山敏彦、高田博厚ほかの人々との対談を想い浮かべながら、ゆっくり散歩したことが甦り、ことの外忘れがたい。

毎月カレンダーをめくりながら、どんな写真と出会えるか、愉しみだった。カメラのファインダー越しに温かなまなざしが伝わってくる。（1月）「初ブドウちゃん（ブルゴーニュ、フランス）」は、ロランの生まれ故郷のブドウ園の写真。煉瓦作りの建物の傍に、緑の葉の間に赤い花が咲き競う野草に覆われた、ブドウ樽を積んだ荷馬車。その前で真っ赤な服を着た、はち切れそうな坊やが、白と青の毛糸の帽子を被り、黒いオーバーを着た母親に抱かれ微笑んでいる。初春らしい雰囲気だ。

（6月）「リュクサンブール公園（パリ）」は、公園内の静かな池で鳥が二羽泳ぎ、一羽の鳥がそれをコンクリートの柵の上から眺めている。それを背景に、二人の幼稚園男児が無心に遊んでいる一瞬をカメラに収めている。（4月）「ブドウ畑を通って（ヴヴェー、スイス）」は、ブドウ畑を通って家に帰る男女の小学生数人が、古い石垣の前で肩を組み、賑やかな笑顔であふれる。（7月）「ケーブルで通学（ヴヴェー、スイス）」は、高校生が通学途中、ケーブルの車内で愉しそうにおしゃべりしている姿。制作者はロランゆかりのフランスとスイスの地で出会った赤ん坊から高校生まで、何気ない日常をカレンダーの中に収めていて、人生の歩みが感じられ感動した。

（8月）「ブドウ畑のシルエット（ヴヴェー、スイス）」とタイトルが付けられた写真には、上部数センチが灰色と乳白色の空に覆われ、遠くまで続く一面のブドウ畑が広がる。前面には太陽を燦燦と浴びたブドウの葉が茂り、小花の咲く野草の小径が延びる。数軒の農家の屋根が見える。広大な風景なのに人影が無く静寂が漂う。これはレマン湖畔の街ヴヴェーからモン・

ペルラン行きのケーブルカーに乗り、途中下車して撮ったと思われる。

以前私がケーブルカーに乗ったときは、ブドウ畑に行く老夫婦以外ほかに乗客はなかった。急斜面のブドウ畑や、白樺、雑木林の間を縫って高度を上げ終点で下車。そこには牧場や林の傍にホテルが点在し、ロランが『ジャン・クリストフ』を執筆するために滞在したホテルもある。眼下にヴヴェーの街。レマン湖の対岸には、アルプスの山々の美しい姿。執筆の合間ロランが散策した牧場や、野の花が咲き乱れる林の小径を、作家を想い歩いてきた。

翌月（9月）「ロマン・ロラン、ついの住み家（ヴェズレー）」。定住していたスイスからフランス中部の生まれ故郷に近いヴェズレーに転居した作家は、この家に八年住み逝去。私が訪ねた時、修理中で中に入ることができず残念だったが、この写真で当時を偲ぶことができる。第一次大戦中反戦運動をしたロランは、第二次大戦中占領下のヴェズレーで、ドイツ軍憲兵の監視下にあった。そんな日々病弱な作家は、ベートーヴェン「第九交響曲」の研究を続け、死の前年それを完成。

（10月）「ロマン・ロランの家からの眺め（ヴェズレー）」。あとがきで、「家のテラスからロランの眺めていた絶景」と記しているが、先生自身、ロランが眺めた同じ場所から、しみじみ凝視してシャッターを押したことが見る者に伝わる。家の傍の木々のそよぎ、生い茂る草。遠くモルヴァン地方の広大な畑と林、背後の山並みと青い空。私は同じ場所だが、庭の下から写して拙著に掲載している。

（11月）「大聖堂から下る道（ヴェズレーの丘）」。あとがきで「頂のロマネスク大寺院に至る昇り坂の民家は、中世そのままである」と記している。11月は縦長の写真を使用（縦二十四センチ、横十六センチ）している。坂道のアスファルトが所々溶けて焦げ茶色の斑になり、でこぼこの石畳がむき出しになっている。その両側に建ち並ぶ民家の色あせた煉瓦積みの外壁。濃い緑のツタや、真っ赤に衣更えしたツタをまとっている家々が並んでいる。この街は十二世紀には、スペインのサンティアゴ・デ・コンポステーラへの大巡礼の出発点の一つであり、また十字軍が丘の上のサント・マドレーヌ寺院から出発した。この丘は現在世界遺産である。

サント・マドレーヌ寺院は、九世紀以来の大寺院で、内陣の丸天井の高さは十八メートル、身廊の奥行きは六十四メートルある。この寺院内で、二〇〇八年の十月初め、「ロマン・ロラン国際平和シンポジウム　第一次大戦終結九十年記念」が、フランスのロマン・ロラン協会主催で行われた。十月四日には寺院の内陣で、パリのコメディーフランセーズの俳優が宮本正清の詩、「焼き殺されたいとし子らへ」ほかをフランス語訳で朗読。続いてO先生自身が日本語で朗読。八百名の大喝采に包まれ、日本の名ピアニスト神谷郁代さんが、ベートーヴェンの諸曲を弾いて感銘を与え、ヴェズレーの夜は更けましたと、カレンダーのあとがきに記されている。

この当日の夕べの雰囲気は、ロマン・ロラン研究誌『ユニテ』36号にも掲載されている。拙著『ロマン・ロランの風景』をお読み下さった元最高裁判事S先生は、「ヴェズレー旅情」で「……内陣と遠く後陣の窓の薄明かりを背景にして、中央の部分が一段高くなっていて、そこにヤマハのグランドピアノが置かれた。……雰囲気は如何にも中世の教会らしくてよかった。朗読も、演奏も素晴らしかった」（一部掲載）と感想を記している。

私もその寺院を訪れたことがあったが、あの夕べ寺院で、私の好きなベートーヴェンの「月光」ほかを聴けたら、さぞ至福のひとときであったかと、『ユニテ』の表紙写真《「ヴェズレーの聖マドレーヌ大聖堂の演奏　神谷郁代のベートーヴェン演奏」》（S先生撮影）を見るたびに思う。

（12月）「ロマン・ロラン眠る（ブレーヴ）」も縦長の写真である。ブレーヴ村の小さな教会墓地。背後に高い教会の塀、梢がその塀より高いこんもりした喬木が一本、枝をロランの墓碑の上方まで伸ばしている。背後に白い花をつけている木々と緑の灌木が数本あり、墓碑の周りは芝が見える。私が訪ねた二十世紀後半には、灌木に覆われた薄暗い空間に墓碑が見え、その上には落ち葉が積もっていた。今回手入をされた墓碑を見てほっとした。

墓碑の上には十字架も装飾もなく、ただロマン・ロランとだけ刻まれている。看板も何もない。製作者のロランへの想いであろうか。写真は塀と喬木の重たさをはね除けるように、墓碑の上に高い空に白い雲が浮かんでいる構図で、見る者に安らぎを与えてくれる。あとがきの最後に、ロランの墓碑に手をかけているO先生自身の姿があった。

『神曲』講義の折に

ある新聞記事

年末の新聞（二〇二一年十二月十二日付朝日新聞）で、ある記事が目にとまった。《「あぁ、人間よ！「神曲」14233行」》と題する慶応義塾大学教授（イタリア文学）藤谷道夫先生のダンテの『神曲』の記事である。

《……『神曲』は、あの世での最終形態という視点から人間の本質をえぐり出していきます。……そこに人間の本質と理想、人類の知と歩みがものの見事に描かれている……。ダンテは人々に警鐘を鳴らすと同時に、どのように生きるべきかを教えてくれます》

記事を読みながら十数年前、新宿朝日カルチャーで、藤谷先生の『神曲』の講義を聴講したことが思い出された。あれは古希を過ぎ、ささやかなライフワークだった『ロマン・ロランの風景』を上梓した翌年のこと。ロランはドイツの女流作家エルザ・ヴォルフ宛書簡（一九〇九年二月）の中で、「ダンテは偉大である以上……私にとっては、書物のなかで聖書が意味するものに等しい役を……」と認《したた》めていて、作品の中でも『神曲』からの引用が見られる。

『神曲』の講義

「ダンテ『神曲』を読み解く―地獄篇の世界をたどる―」の講座では、イタリア語や歴史を知らなくても、先生のイタリア語の解説や口語訳があり、中世のダンテの目線にかえって、当時の神学、哲学、古典学、論理学、絵画資料をひもときながら、複眼的な視点から詩を解説していく。数年前から開講されていて、私は初日に、第一歌から聴講できず残念に思った。

十三世紀、イタリア・フィレンツェ生まれの詩人ダンテは、当時、白派共和政政府の一員としてローマに派遣されている時、黒派のクーデターによって政府は転覆され、欠席裁判の中、死刑を宣告された。故郷に帰れぬまま亡命生活を余儀なくされ、土地・屋敷など一切の財産を奪われ、窮乏の中、精神的に苦悩の歳月を過ごした。三十四歳の終わり、ローマ帝国の建国理念を説く、叙事詩『アエネーイス』を詠んだローマの詩人ウェルギリウスに導かれ、生きながらあの世（彼岸）へ旅をした。彼岸世界では、地上での地位や職業・ジェンダーは、死により一切剝奪され、生前の動機のみが重要となり、地上での自分の行為が返って来る。ダンテはあの世での見聞を『神曲』に歌った。

最初に聴講したのは、「第十二歌（他殺者）」。ダンテが尊敬する師ウェルギリウスに従ってあの世に下りていくと、この世で暴力によって他者を殺害した者たちが、あの世（彼岸）で血の川でふつふつと茹でられている姿を目にする。「地獄篇」では、「おお、人を盲目にする強欲よ、……おまえらはわれわれを、束の間の（この世の）生で馬車馬の如く駆り立て、（来世の）永遠の生で（血の川に）浸け、かくももだえ苦しませる！」と歌っている。この（血の川）の深さは、その罪人の罪の重さで異なる。血の川は、古代の人々が「火の川」と呼んでいた溶岩流に由来するが、ダンテはそれを完全にアレゴリー（比喩）化している。参考に仏教画でも悪人の「血の池地獄絵」の資料が示された。

新聞記事の「人間の本質をえぐり出している」という部分に関しては、「地獄篇」の「第十九歌（聖職売買者）」が思い出された。この世で永遠の救いを説く教皇たちが、生前、物欲の奴隷になり果てて聖物売買を行ったために、永遠に救いを失っている。教皇たちは、土管のような穴の中に頭を突っこみ、逆さまに閉じ込められている。師と一緒にそれらの様子を眺めるギュスターヴ・ドレーの挿絵がある。「地獄篇」では、「それぞれの穴の口からは、罪人の脚が腿まで外に突き出し……全員の足の裏は、両方とも、燃えていた」と歌っている。ローマで荘厳な大寺院を訪ねた後の私は、信仰の一面を知らされ「人間の本質について」の講義を心して聴講した。

「第二十歌（魔術師）」。ここに出てくるのは、この世で欲深い占い師として、未来ばかり見ていた人たち。あの世で、後ろ向きの姿で体をねじ曲げた彼らの苦渋の姿に遭った。「顔が背中を向いていたのだ」と歌っている。彼らは前を見ることが禁じられているため、後ろ向きに進まざるを得なかった。ダンテはこの詩にギリシャ神話の占い師三人を選び、他方、名前は表出されないが、師の叙事詩『アエネーイス』で、正義のため若くして討ち死にした悲劇の士として、天国篇で登場する一兵卒リーペウスの正しさと対比させている。

講座では、リーペウスの逸話を仏教的に理解しようとすれば、中国の老典座《てんぞ》であるという。資料で、「～道元『典座教訓』～」を紹介。若い道元が中国留学中、老人の典座（食事係）に、坐禅修行について訊いたところ、老典座は、「典座は、日常生活の食事作りが坐禅修行である」と答えている。その頃私は朝日カルチャーで、十三世紀、道元の『正法眼蔵』の講義も聴講しており感慨深かった。

ほかにイタリア・アッシジのフランチェスコの『小さき花』の話や、「神が私たちに感心なさること……、私たちが自分のすることにどれほど愛情を注いだかということです」という、マザー・テレサの言葉にも触れている。この歌では、この世で大切なことは英雄でなくても《正義》や、《小さなことでも日々人々への心からの愛が大切》と、人間の理想のあり方を示唆している。

ロランからの手紙

三月、一年の終わり、講義後に食事会があった。皆さん、西洋やイタリア文学を研究している方々らしく、それぞれ旅の話を熱心にしていた。それらを黙って聞きながら、私もローマ、フィレンツェ、ヴェネツィアなどを回ったが、この講義後の旅だったら、ひと味違う『神曲』ゆかりの地と重ねて巡ることができたのにと、少し残念に思っていた。先生が私に「どうしてこの講座を聴きに？」と訊かれた。

作家ロランは小説『ジャン・クリストフ』の第一巻「曙」に、銘句として、その冒頭に『神曲』「煉獄編」の「第九歌」を揚げている。また、劇作家でもあるロランは、倉田百三『出家とその弟子』の仏訳の序文で、親鸞をフランス人に紹介する際、親鸞を『神曲』に登場するウェルギリウスに例え、

「地獄の諸界を通って光明の領域にまで、フィレンツェ人をみちびいたあのやさしいウェル

ギリウスのように、寛容の師は迷う弟子たちの手を取りに来て、阿弥陀の光明である「浄土」へと弟子たちを向かわせる。……」（蛯原徳夫訳）

と記している。

それで、「「煉獄編」と「地獄篇」を理解したいと思い聴講させて頂いている」と答えた。すると先生は、「「煉獄編」は何年も先になります」。「倉田百三は私の小学校の大先輩です」とおっしゃった。それから二年半経った秋、先生が広島県の庄原に帰郷された折、庄原市田園文化センター内の、倉田百三文学館に展示されているロランから倉田への手紙を、友人の館長さんにお願いしてコピーして持参して下さった。コピーとは言えロラン直筆の手紙、館長さんや先生のご厚意に感謝してそっと開く。

そこにはロランが当時完成させた戯曲『花の復活祭』、執筆中の小説『魅せられたる魂』のこと、六月にヘンデル、バッハ、ベートーヴェンの音楽祭に臨席、ゲーテの家を訪問したこと。ドイツへの旅、作家、音楽家のこと、タゴールの来訪待ちなどが綴られている。次の手紙は、ロランの手紙の中で倉田百三にかかわる一部分である（抜粋掲載）。

ヴィルヌーヴ〈ヴォー〉、ヴィラ・オルガ

一九二五年八月五日

親愛な倉田百三
あなたのよいお手紙に感謝します。……
あなたがお送りくださった雑誌『若い日本』で『七夕祭』を読みました。また妹が『俊寛』を読んで聞かせてくれるのを待っています。……『七夕祭』が与えてくれたよろこびをお話ししたいと思います。あなたがこのような才能の一面をおもちになろうとは予期していませんでした。あれは香ぐわしい詩の花です。あなたは日本であのような美しい神話や、あのような魅力のある宗教的な伝説をおもちになって、たいへんご幸福です。……倉田百三よ、心をこめてあなたのお手をにぎります。……『出家とその出子』を仏訳するフランス人については、その名前と住所とをあなたがはっきりご存じでいられるようになさるのがよいと思います……ロマン・ロラン
（蛯原徳夫訳）

ロランがこの手紙を書いた、レマン湖が見えるオルガ荘。当時空家だったその家を四半世紀前に訪ねた。たまたま元の住人が庭の水まきに来て、日本人の私に「二階もどうぞ」とロランの書斎を見せて頂けた。そんな懐かしい日を思いながら、手紙を閉じた。

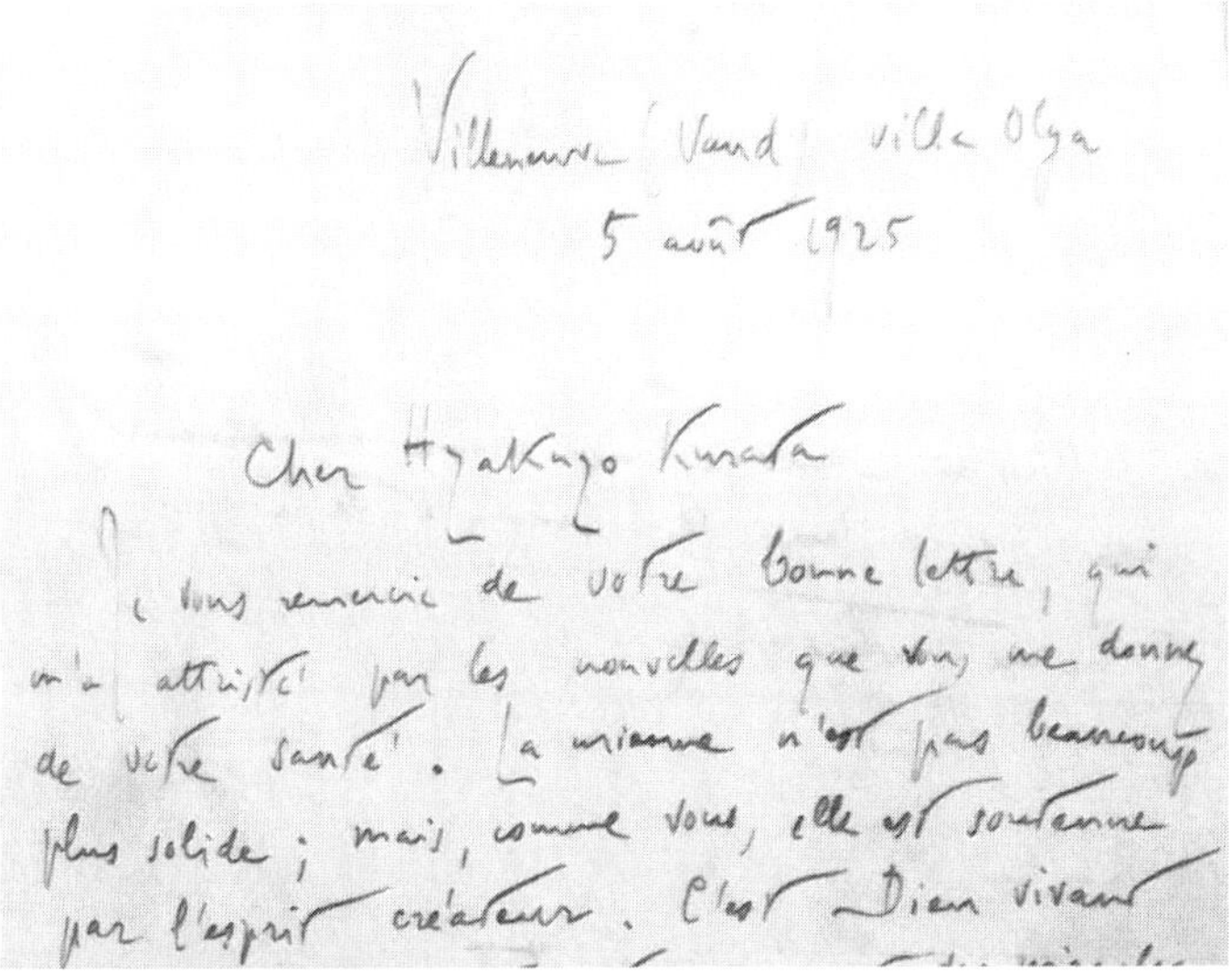

Villeneuve (Vaud) villa Olga
5 août 1925

Cher Hyakuzo Kurata

Je vous remercie de votre bonne lettre, qui m'a attristé par les nouvelles que vous me donnez de votre santé. La mienne n'est pas beaucoup plus solide ; mais, comme vous, elle est soutenue par l'esprit créateur. C'est Dieu vivant

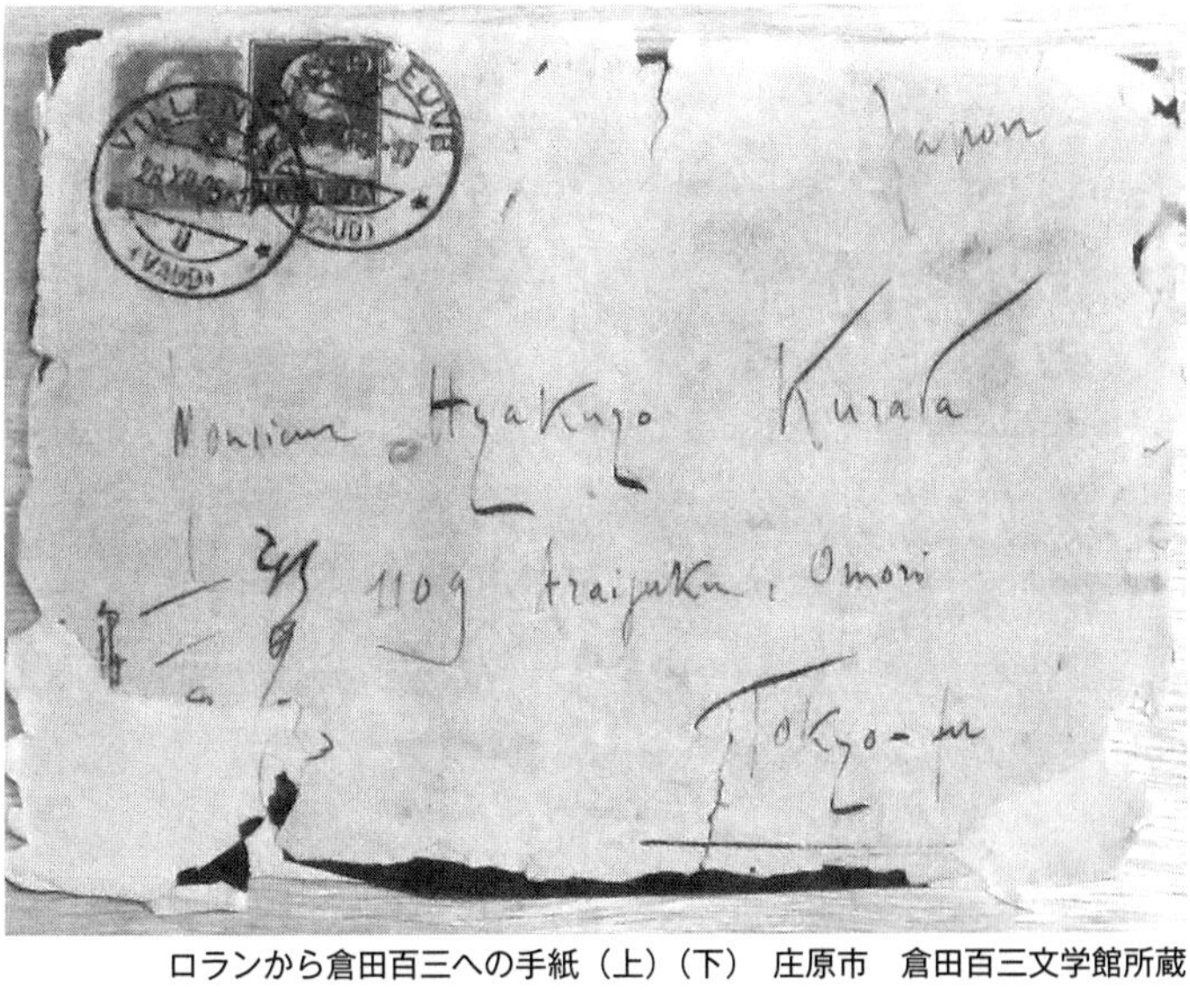

Japon

Monsieur Hyakuzo Kurata

1109 Araijuku, Omori

Tokyo-fu

ロランから倉田百三への手紙（上）（下）　庄原市　倉田百三文学館所蔵

『神曲』を読むための準備

講義を聴講して三年ほど経った頃、「お読みになりたい方はどうぞ」と、教室に置かれていた印刷物を手に取った。先生が書かれた冊子で、《『神曲』を読むための準備として、「ギリシャ神話の読み解き方」～基礎編①、応用編②～》。頂いて早速読んだ。ギリシャ神話と『神曲』の関係を考察した解説は興味深く、特に戦争における「人間の理性、感情について」の部分に釘付けになった。私の人生は、敗戦後の方がずっと長いにもかかわらず、その中心は、太平洋戦争末期に米軍のＢ29の空襲を受けた体験にある。それで古希を過ぎて読んだ戦争の本質、人間性についての資料は重く心に沁みた。

二八〇〇年前、ホメーロスによるトロイア戦争の叙事詩『イーリアス』で、トロイアの王プリアモスが息子ヘクトールの亡骸をもらい受けにアキレウスの許に行った場面である。勝者のアキレウスは、理性（頭）では敗者の亡骸を返す気はなかったが、愛する者を失った者どうしの共感により成熟した感情によって息子の亡骸を父に返してやる。「この感情について」、先生は「感情は教えられるものでも、分析するものでもなく、感じることでしか理解できない。人間性の土台である」。そして、「人間的完成の土台は感情と想像力にある」と解説された。

戦争中、日本は原爆投下で二十数万人が殺されたが、それは敵に対して憎しみの結果、何をしても良いという理性が生みだしたもの。そこで「感情」の重要性を述べている。ただ、《歪んだ未発達な感情》は怖いとして、強制収容所、大量虐殺、奴隷貿易、拷問なども説明している。そして開かれた豊かな感情と想像力があれば、「その全てが防げ得たものです」と記している。二十一世紀の現在も、ロシアのウクライナ侵攻で犠牲となった子どもたちの映像を見るたび、空襲下を生き延びた我が身と重なり、《理性》と《感情》についてが想起され、〝平和〟を、と願う。

他にも「神曲」理解の一助として、数多くの資料が示された。プラトン、セネカ、仏陀、イエス、インドの『バァガヴァット・ギーター』(四世紀)、シェイクスピア、デカルト、米の心理学者で哲学者のウィリアム・ジェームズ、仏の哲学者アンリ・ベルグソン。これら講義中の参考資料に加え、ギリシャ神話、聖書、仏教、民話「舌切り雀」、手塚治虫の漫画『ブッダ』「バラモン」より「兎の捨身施」、芥川龍之介の『蜘蛛の糸』などからも、詳細な考察がなされ多くの示唆を与えられた。

『神曲』の解説を聴き、詩ではなく哲学や神学講義と錯覚を覚えるほどだった。それについて先生は、「詩とは、啓示された哲学であり、詩はアレゴリー(比喩)化された哲学として読まれるべきもの」といい、資料には、「詩が哲学（全学問）への接続機能を果たす役割を担っているからです」と記されている。そして「まさに『神曲』にこそヨーロッパの精髄が秘められています。なぜなら、西欧とはギリシャ・ローマの古典的精神（正義と法、即ち、理性と論理）と、キリスト教的精神（自由と愛、恩寵）が結合したものだからです」と述べている。

このような講義を興味深く聴講していたところ、途中で体調を崩し、受講を諦めなければならなくなった。「煉獄篇」を聴けず残念だが、ロランが偉大であるというダンテと、西欧の精髄が秘められた『神曲』の一端を理解させて頂いた。

偶然目にした新聞記事を読み、『神曲』の講座ではどう生きるか考える時間を得られ、実りの多い四年間だったと振り返った。

お便り

古希を過ぎて『ロマン・ロランの風景』を上梓した際、拙著が読者の方にどのように読まれるのだろうか、と思っていた。ある牧師の方から、「新聞で知り購入しすぐ読みました。何だか深いところで〝親しい人〟に出会ったようで……」とお便りを頂いてホッとした。弁護士の方は入院中の病室から、「いま仕事に忙殺されていてできないが、晩年是非この本を携え縁の地へ」と書いて下さった。

テレビの報道局を退職された方は、「かつて同じロラン縁の地を歩いたが、読後に再び訪ねたい」と、ご自身所有のロランの肉声テープをご恵贈下さった。脚本家の方は、「私を捉えてはなさない『魅せられたる魂』の作家。その人となりと時代を、あなたの本によって学ばせて……」と書いて下さった。ある医院の理事長からは、お便りとともに渋草焼きの花瓶を贈られ恐縮して頂いた。主婦や会社員の方々からも様々なお便りを頂いた。

拙著を携え作家の生誕の地や、滞在したスイス、終焉の地、そして十字架のない墓地を訪ねた研究者や愛好者の方からは、ご感想とともに各地の写真も添えられ、ある方は現地での新しいロランの文献もお送り下さり、それは望外の喜びだった。また、内村鑑三研究所長は本の出版社社長宛に、「……畏敬するフランスの作家ロマン・ロランの思想・音楽・文学を心置きなく案内してくれます」と感想を寄せて下さった。

このロマン・ロランの本をお貸し下さったのは、高校の英語の恩師K先生である。後に先生は名古屋で牧師をされていた。先生が巨峰ともいうべきロランは、国際的に反戦主義の行動をとったノーベル文学賞受賞作家で、晩年は東洋的なものへの共感により、近代インドの宗教的な魂を描いた『ラーマクリシュナの生涯』など、多様な作品を残している。

私は拙著の上梓と読者からのお便りと、コスモス文学出版文化賞受賞のご報告に、先生宅へ伺った。その折、レストランでお祝の食事をご馳走して下さった際、先生は「受賞おめでとう。ご両親を早く亡くされ弟妹の世話もして、仕事や家事の傍ら半世紀もの間折々研究を続け、縁の地も訪ね本にまとめるのは大変だったでしょう」と労って下さった。

私は「お貸し頂いた小説の中で、ロランが自らの魂を投影させている、無学な行商人ゴットフリート伯父さんに、生きる意味を示唆されました。古希を過ぎ遅くなりましたが、先生へそのご報告です。お陰様で拙著は増刷されてほっとしております」と申し上げると、「それは良かったですね」と喜んで下さった。

上梓の際は、当時高校の担任の先生方にもご報告した。四年担任のＨ先生は、後に大学に移られ学芸大学名誉教授で、万葉集研究者、『広辞苑』の執筆者の一人でもあった。拙著『夾竹桃』の出版祝には、「ロマン・ロラン研究ぜひお進め下さい」と励ましの言葉を添えて、『広辞苑』をご恵贈下さった。先生は上梓を大変喜んで下さり、「倉田百三の『出家とその弟子』は、旧制高校一年の本読み会で、唯円の役で読んだが、ロマン・ロランも読んでいたことは知らなかった。『ジャン・クリストフ』は戦災で焼いてしまったが、ソフィーアとの友愛に感動した。この本は静穏な風景の中に、ロランの生涯を辿る旅に読者を導いて下さる本」と書いて下さった。

三年担任のＴ先生も、後に大学に移られ明治大学とナイロビ大学の名誉教授で、アフリカ文学研究者であった。先生は「装丁も美しく、読みやすい。かつての生徒からこのような本が贈られて嬉しい」と書いて下さった。以前、先生から著書『アフリカのこころ』を頂き、三年後にも著書『古層文明から二十一世紀を読み解く』をご恵贈下さった。先生方のお便りで、定時制時代が思い起こされた。

一九四五年、太平洋戦争で日本は敗戦。当時は食料や物資不足で、生活のため、空襲の焼け跡で、戦災孤児たちも鉄屑拾いをしたりしていた。上野駅近くでは、戦地から帰った腕や足を失なった傷痍《しょうい》軍人が、目の前に軍帽を置き座っていた時代。大宮定時制高校は校舎が無く、粗末な小学校の木造教室を間借りして、裸電球の授業だった。父親が戦争で戦死や病死、生徒自身は、旧制中学で勤労動員の後中退や予科練中退で年齢もまちまち、戦後は昼間働き夜学へ通う。私もその一人だった。戦時中、英語は敵性外国語で禁止、敗戦後は必修。生徒は英語に苦しんだ。先生方もT先生は戦時中、学徒出陣し戦後に南方から帰還、復学し大学院へ。夜は教師生活をしていた。

敗戦後ロランに支えられ、その作品に導かれた人々も多い。歌人Sさんのお便りには、十六歳の時詠んだ、次の歌が添えられていた。

こころ脆きわれをこの世につなぎ得し
　唯一ふとき綱　ロマン・ロラン

この歌も愛おしく読ませて頂いた。拙著をお読み下さり様々な方からお便りを頂けたのは、K先生、大学院の指導教授で後に早稲田大学名誉教授・日本芸術院会員のS先生をはじめ、ロラン研究の途次ご教示頂いた諸先生方のお陰である。作家の一部分を眺め、難病を友としながらも卒寿を迎えられた今、このようなお便りを頂けて感謝の念に包まれている。

あとがき

早春の頃小さな庭では、思い出深い草木や母を偲ぶお茶の木が、新芽を覗かせている。母の年齢よりも年を重ねられた還暦のとき、戦時中から苦難のまま他界した両親へのレクイエムとして、『夾竹桃』を上梓した。あれから三十一年、卒寿を過ぎた。

「一本のひも」の明治生まれの祖母は小学校に行かれず、孫やひ孫から、漢字にひらがなやカタカナのルビを振った手紙をもらうと、卒寿から、それを手本にして、独学で漢字を覚えた。神経痛を患い痛む指で、そうして書いた手紙が、読んだ人に通じるかどうか。祖母は還暦を過ぎた叔母に、《じオ見手え見《い》がわカ田ラ見名には名知《シラ》手九《セテ》だサえませ》（字を見て意味が分かったら皆に知らせて下さいませ）と結んだ手紙を書いている。その祖母は白寿祝を間近に他界した。

私はエッセイ「祖母の文字」を書き、『夾竹桃』、『みずひきの咲く庭』に掲載した。祖母の努力には及びもつかないが、少しでも見習いたい。戦時中に疎開途中の上野で、米軍機の機銃掃射を受け九死に一生を得た命、後期高齢者で難病に罹った病身に訊ねながら、小品『卒寿の埋火』をまとめた。

戦中戦後の苦難の生活。若い頃、教えた生け花のこと。仕事と家事に追われ、疲れた心を癒してくれた自然の中を歩く山旅。そして生涯の書となった、自然や平和を愛したロマン・ロランの著作と向き合い、還暦後に作家ゆかりのヨーロッパ五か国の旅先でお世話になった方々のこと。古希後、拙著『ロマン・ロランの風景』ほかの読者との交流など。九十歳過ぎて今も心の中で、温かさを失わない埋火のような話をつづった。

今この本の旅立ちにあたり、高齢と病に悩まされながらも、医療関係の先生方ほかスタッフの皆様に、体調を支えて頂き上梓できたこと、感謝の念と深い感慨に包まれている。原稿整理など娘も手伝ってくれてうれしいことであった。

なお、「奥能登の夕陽の海で」ほか数編は、すでに『夾竹桃』（武蔵野書房）に収録したものであるが絶版となっており、また、山岳雑誌『岳人』から執筆を依頼された、「親子を花の香で包んでくれた白山」（一九九三年七月号掲載）を、「娘と登った花の白山」に変更し、ここに改めて再録することについて、読者のご海容をお願いしたいと思う。

上梓にあたって、ご教示頂いた神曲研究者・慶応義塾大学教授藤谷道夫先生、ピアニスト・作曲家の戸口純先生、表紙絵を描いてくださった画家の太田幸子先生には深く感謝申し上げたい。また、折々に助言を頂いた友人の飯山文雄さん、須藤和代さん、田中芙美子さん、山旅で四半世紀の間、お世話になった真野キヨ子さんほかの方々に心からお礼申し上げたい。
さらに出版に際し、いろいろと温かいお心遣いを頂いた三省堂書店・出版事業担当の高橋淳さん、加藤歩美さんほか編集部の皆様に感謝申し上げたい。

二〇二三年　初夏

著者

著者略歴

杉田多津子（すぎた たつこ）
本名　杉田タツ
1932年 群馬県で生まれる。
早稲田大学大学院文学研究科修士課程修了。
著書
1992年 エッセイ集『夾竹桃』（武蔵野書房）
（日本図書館協会選定図書）
2003年 エッセイ集『ロマン・ロランの風景』（武蔵野書房）
（コスモス文学出版文化賞受賞）
2015年 エッセイ集『みずひきの咲く庭』（丸善プラネット）
東京都在住

卒寿の埋火《うもれび》

2023年 8 月26日　初版第 1 刷発行
2023年10月23日　初版第 2 刷発行

著　　者　杉田多津子
発行・発売　株式会社 三省堂書店／創英社
〒101-0051 東京都千代田区神田神保町1-1
Tel：03-3291-2295　Fax：03-3292-7687
印刷・製本　信濃印刷株式会社

落丁、乱丁本はお取り替えいたします。
定価はカバーに表示してあります。
ISBN978-4-87923-211-3 C0095